ま

脇明子 訳　橋本治 絵

●東洋書林

アリスの教母さま——ウォルター・デ・ラ・メア作品集①

脇明子訳　橋本治絵

東洋書林

●収録作品●

The Riddle
(from *The Riddle*, 1923)
Pigtails Ltd.
Lucy
Alice's Godmother
(from *Broomsticks*, 1925)

目次●アリスの教母さま

はじめに

これからみなさんに読んでいただく四つのお話は、みんなイギリスの詩人ウォルター・デ・ラ・メアの書いたもので、全部が女の子のお話ばかり——幼い女の子とたいそう年をとった女の子のお話ばかりです。

★

年をとった女の子はふつうお婆さんと呼ばれますが、ここに出てくる人たちはみんなそれとはちょっとちがっているかもしれません。

たとえばルーシーですが、彼女はどう数えても八十歳近くなっているはずなのに、あいかわらず髪の毛のまっすぐなきれいな女の子です。ローリングス嬢《さん》などはお話のはじめにはまるまると太った老婦人なのに、そのうちいつのまにか十歳くらいのお下げの小娘になってしまうのです。

もちろんアリスのひいひいひいひいひいひいひいひいお祖母《ばあ》さんのように三百五十歳にもなっていれば、れっきとしたお婆さんと言ってもさしつかえないような気もしますが、でもそんなお年寄りをつかまえて、ほんの七十歳か百歳くらいのひとと同じように呼ぶのは、もしかするととても失礼なことなのかもしれません。

★

それに幼い女の子のほうにしても、子供だなどと思うとたいへんなまちがいをすることになります。アリスは若くてもちゃんと淑女《レディ》ですし、ユーフェミアやタバサだって、たとえ子供服を着ていてもそうだと認めてあげなくては、きっと機嫌をそこねるにちがいあり

ません。アンはおとなしい子で自分からそんなことは言いそうにもありませんが、ちゃんとわかっているお祖母《ばあ》さんは「われわれは二人ともなんて寂しい年寄りなんだろうねえ！」と彼女に話しかけてくれたのです。

それにジーン・エルスペット、わたしの大好きなジーン・エルスペットは、いったいどちらなのでしょうか。おかしな計算をやっている小さな子供のエルスペット、縮緬《ちりめん》のボンネットをかぶった小柄なお婆さんのエルスペット――どちらもほんとに親しげで、見ているとなんだか楽しくなってきます。たぶんデ・ラ・メアが一番好きだったのも、このジーン・エルスペットだったのではないでしょうか。

★

時間の輪がめぐりめぐって小さな女の子はお婆さんに、お婆さんは小さな女の子に。

そしてひとりぼっちの小さな男の子のデ・ラ・メアは、その輪から少し離れたさんざしの茂みのかげで、それでもたいして淋しくはなさそうに、その輪舞《ロンド》を見つめているところなのかもしれません。

さあそれではミンス・パイを片手に持って、鼻のあたまにすぐりのジャムをつけて、わたしたちも輪舞《ロンド》に加わりましょうか。それともさんざしの茂みのかげへ、いっしょにうずくまりにゆきましょうか。

いずれにしても時は夏。さんざん遊んだあとには冷たいアイス・プディングをローリングス嬢《さん》が用意してくれているにちがいありません。

謎

さていよいよその七人の子供たち、アン、マチルダ、ジェイムズ、ウィリアム、ヘンリー、ハリエット、それにドロシーは、お祖母《ばあ》さんといっしょに暮らすことになりました。お祖母《ばあ》さんがまだ子供だったころからずっと住んでいたその家は、ジョージ王朝のころに建てられたものでした。きれいな家ではありませんでしたが、部屋はいっぱいあって、がっちりしていて、ま四角で、そばには楡《にれ》の樹が一本、窓にとどかんばかりに枝をはっていました。

子供たちは馬車からおりるとすぐ（五人はなかに、二人は御者《ぎょしゃ》のそばに坐ってきたのでした）、お祖母《ばあ》さんのいるところへつれてゆかれました。老婦人はやりだし窓のところに坐っており、みんなは小さい黒い塊のようになってその前に立ちならびました。するとお祖母《ばあ》さんはひとりひとりの名前をたずね、やさしい震える声でそれをひとつひとつくりかえしました。そしてひとりには針箱、ウィリアムにはジャック・ナイフ、ドロシーには絵を描いた毬《まり》というふうに、それぞれにその年令にあったものをくれました。お祖母《ばあ》さんはそれから孫たちみんなに大きいほうから順に接吻して、こういいました。

「さあおまえたち、このわたしの家でみんなそろって元気に楽しく暮らすんだよ。わたしはもうお婆さんになってしまって、いっしょにとびまわるわけにはいかないから、アンがみんなのめんどうをみてくれなくちゃいけないがね。フェン夫人《さん》もいろいろやってくれるよ。それから毎日朝と晩には、みんなでこのお婆さんに会いにきてくれるんだよ。そうやって笑顔をみせてくれたら、わたしは息子のハリーを思いだすことができるからね。それ以外は、学校さえ終ったら、一日じゅうなんでも好きなことをしていいんだよ。もっともひとつだけ、たったひとつこれだけはおぼえておいておくれ。あのスレート屋根をみおろすところに大きな客用寝室があって、その隅に古い樫《かし》の木の箱があるがね、そうだよ、おまえたち、それはこのわたしよりもうんと年寄りで、わたしのそのまたお祖母《ばあ》さんよりまだ年寄りなんだよ。で、遊ぶんなら家じゅうどこで遊んでもいいけれど、あそこでだけは遊ばないようにするんだよ」お祖母《ばあ》さんは子供たちにむかってほほえみながら、やさしくこういってきかせました。もっともお祖母《ばあ》さんはもうすっかり年をとってしまい、その眼にはこの世のものはなにひとつ映っていないらしいようすでした。

はじめのうち七人の子供たちは勝手がちがってふさぎこんでいましたが、そのうちすぐにこの大きな家にすっかり慣れて、楽しく暮らすようになりました。家のなかにはみんなをおもしろがらせ、楽しませるものがいっぱいありました。なにもかもが新しいことばかりでした。毎日二回、朝と晩にみんなはお祖母さんに会いにゆきましたが、お祖母さんはそのたびにすこしずつ弱ってきているようでした。それでもお祖母さんは楽しそうに、みんなに自分のお母さんの話や子供のころの話をしてきかせ、しまってあるプラムの砂糖漬をだしてくるのもけっして忘れたりはしませんでした。このようにして何週間もがすぎてゆきました。

あるたそがれどき、ヘンリーは子供部屋をでて、樫の木の箱をみようとひとりで二階へあがってゆきました。ヘンリーは箱に彫ってある果物や花に指を押しあて、角のところの陰気な笑いをうかべた顔に話しかけ、やがて肩ごしにちょっとふりかえってから蓋《ふた》をあけてなかをのぞきこみました。ところが箱のなかには金《きん》にせよ、子供だましの安ぴかものにせよ、宝物などなにもはいっておらず、眼をおどろかすようなものもなにひとつみあたりませんでした。内側には夕闇のなかで黒っぽくみえる古い薔薇《ばら》色《いろ》の絹が張られ、花香の甘い香りが漂《ただよ》っていましたが、そのことをべつにすると箱はまったくからっぽだったのです。ヘンリーがそのなかをのぞきこんでいると、下の子供部屋からは笑い声やコップのふれあう音がやわらかに響いてきました。そして窓のそとをみるともう日はすっかり暮れかかっていました。ふしぎなことに、こうしたいろいろなことは、ヘンリーに、いつも白くかすかに光る服を着て夕闇のなかで本を読んでくれていたお母さんのことを思いださせました。ヘンリーは箱によじのぼり、そのあとから蓋《ふた》が静かに閉じました。

ほかの六人の子供たちは遊び疲れると、いつものようにおやすみなさいをいってプラムの砂糖漬をもらおうと、お祖母さんの部屋へぞろぞろでかけてゆきました。お祖母さんはなにか腑《ふ》に落ちないことでもあるかのように、蠟燭《ろうそく》の灯のあいだからみんなをじっとみつめました。翌日になって、アンはお祖母さんにヘンリーがどこにもみあたらないと報告しました。

「おやまあ、なんてことだろう。それじゃあの子はしばらくもどってこないよ」と老婦人はいいました。そしてしばらく黙ってから「それにしてもみんなよくおぼえておくんだよ、あの樫の木の箱をいじっちゃあいけないってことだけはね」とつけくわえました。

しかしマチルダは弟のヘンリーを忘れることができず、ヘンリーがいないと遊んでいてもすこしも楽しくありませんでした。そこでマチルダはヘンリーがどこかにみつからないかと、家じゅうさまよって歩きました。マチルダはむきだしの腕に木の人形を抱き、ヘンリーのことについて思いつくかたはしからを歌にし、小声で歌いつづけていました。ある晴れた朝のこと、マチルダは箱のある部屋をのぞきこみましたが、それがあまりに甘い香りがして秘密めいてみえたので、人形を抱いたままそのなかにはいってしまいました——ちょうどヘンリーがやったのとおなじようにです。

こうして家のなかに残っていっしょに遊べるのは、アンとジェィムズとウィリアムとハリエットとドロシーだけになりました。「いつかはあの二人もおまえたちのところへ帰ってくるよ」とお祖母さんはいいました。「それともおまえたちのほうがそっちへゆくことになるかね。とにかくわたしのいったことにはよく気をつけるんだよ」

さてハリエットとウィリアムは仲がよくて、いつも恋人同士のようなふりをして遊んでいました。一方ジェイムズとドロシーは狩猟や魚釣りのまねや戦争ごっこのような乱暴な遊びが好きでした。

ある静かな十月の午後、ハリエットとウィリアムがやさしいささやきをかわしながら、スレートの屋根ごしに緑の野原をみわたしていると、うしろの部屋のなかで鼠《ねずみ》がちゅうちゅういって走ってゆく音がしました。二人はいっしょになって、鼠がでてきた暗い小さな穴がどこかにないか捜しにかかりました。けれども穴はみつからなかったので、二人はちょうど以前ヘンリーがやったように箱の彫刻を指でなぞってみたり、陰気な笑いをうかべた顔に名前をつけてみたりしはじめました。

「いいことがある！　眠り姫ごっこをしようよ、ハリエット」とウィリアムがいいました。「ぼく王子さまになって茨《いばら》をわけてきみんとこへいくよ」ハリエットはやさしく、しかしふしぎそうに兄さんの顔をみつめました。そして箱のなかにはいって横になり、ぐっすりと眠っているようなふりをしました。ウィリアムはつま先だちでそのうえにかがみこみましたが、箱がとても大きいのがわかったので、なかにはいって眠り姫をその静かな眠りからさます接吻をすることにしました。彫刻をした蓋は蝶番《ちょうつがい》の音もさせずにゆっくりとしまりました。そしていまや、ときおり読んでいる本からアンを呼びもどすのは、ジェイムズとドロシーの騒ぎたてる音ばかりになりました。

しかしお祖母さんはもうすっかり弱り、眼もかすんでしまい、物音をきくのもとてもむずかしくなってしまっていました。

雪が静かな空から屋根にしんしんとふりつもっていました。ドロシーは樫の木の箱のなかで魚になり、エスキモーになったジェイムズは、その氷穴のそばにたって銛《もり》のかわりにステッキをふりまわしていました。ドロシーの顔は真赤で、もつれた髪のあいだからは、げんきな眼がきらきらと光を放っていました。ジェイムズの頰にはゆがんだひっかき傷がひとつついていました。「おまえ、もがかなきゃあだめだよ、ドロシー、そしたらぼくが泳いでいってひっぱりあげるからね。さあ、早く！」ジェイムズは開いた箱のなかにもぐりこみながら、大声をあげて笑いました。すると蓋はまた前とおなじように、やさしくそっとしまりました。

たったひとり残されたアンは、プラムの砂糖漬におおいに気をひかれるにはもう年をとりすぎていましたが、それでもおやすみなさいをいうために、いつもひとりでお祖母さんのところへでかけてゆきました。すると老婦人は眼鏡《めがね》ごしになつかしそうにアンをみては、頭をふるわせながら「やれやれ、おまえさんや」といい、それからそのごつごつした親指と人差し指で、アンの指をはさみました。「われわれは二人ともなんて寂しい年寄りなんだろうねえ！」アンはお祖母さんのやわらかくてぐにゃぐにゃした頰に接吻しました。そしてそれから、手を膝において安楽椅子に坐った老婦人が頭を横にむけて自分のほうをみているのをそのままに残して、ひきさがるのでした。

アンはベッドにはいるといつも蠟燭のあかりで本を読むことにしていました。シーツの下で膝を立てて、そこに本をおくのです。アンが読むのは妖精や小人たちの物語でしたが、そのやさしく流れる月光にも似た文章はあたかも白いページを照らしているかに思え、妖精の声がきこえてくるような気さえするほどでした。それほどこのたくさんの部屋のある大きな家は静かで、物語の言葉はなめらかだったのです。やがてアンは蠟燭を消し、耳にはいろいろがやがやといりまじった声をきき、眼にはすばやくうつり変ってゆくおぼろな絵をみながら、ぐっすりと眠りこんでしまうのでした。

そしてあるしんと静まりかえった真夜中のこと、アンは夢うつつのままベッドから起きあがり、眼を大きく開いているにもかかわらず現実のものはなにもみないで、がらんとした家のなかをそっと歩きはじめました。お祖母さんがいびきをかきながら短い重苦しいまどろみをむさぼっている部屋の前をすぎて、アンは軽いしっかりした足どりで広い階段をおりてゆきました。窓の外、スレート屋根のうえには、遠く輝く織姫星がみえていました。アンはまるで誰かに手をひかれてでもいるかのようにふしぎな部屋にはいり、樫の木の箱に近づきました。そして夢のなかでそこが自分のベッドだとでも思ったのか、やがてそのいい匂いのする古めかしい薔薇色の絹のなかに横たわってしまいました。けれども部屋のなかはとても暗かったので、蓋が動いたのはすこしもみえはしませんでした。

長い一日をお祖母さんはずっと張り出し窓のところに坐っていました。唇をすぼめ、かすんだ眼

で、お祖母さんは、人々がゆきかい車がごろごろと通ってゆく道をせんさくするようにながめるのでした。夕方になってお祖母さんは階段をあがり、大きな客用寝室の戸口にたたずみました。階段をあがったおかげで息が切れていたのでした。お祖母さんの鼻のうえには拡大鏡がのせられていました。入口の柱に手をかけて、お祖母さんは静かな薄闇のなかでかすかな四角形に光っている窓のほうをのぞきこみました。しかし眼はもうすっかりかすんでおり、光もわずかでしたので、あまり先までみることはできませんでした。あたりに漂う秋の木の葉のようなかすかな香りも、お祖母さんの鼻にはとどいてきませんでした。けれどもお祖母さんの心のなかにはいろいろな思い出がもつれあって浮かんできました――笑いと涙、今ではもう時代遅れな着物を着た小さな子供たち、友だちの訪れ、長の別れ。そしてやがて老婦人ははっきりしない声でときどき思い出したようにぶつぶつついいながら、またいつもの窓ぎわの席へとおりてゆきました。

お下げにかぎります

いったいどんなわけでローリングス嬢《さん》の心にそんな奇妙な考えが浮かんだのかは、彼女自身にさえよくはわからなかったにちがいありません。それはいつのことだったのでしょう？　その質問にも彼女はやっぱり答えることができませんでした。とにかくその考えは、まるで大きな部屋に陽の光がすこしずつ射しこむようにして、彼女の心のなかに忍びこんできたのでした。

もちろんその部屋は空《から》っぽだったわけではなく、ローリングス嬢《さん》にはほかにもたくさんたくさん考えることがありました。彼女はその教区においては群を抜いて重要な人物でしたし、彼女がいかにじっさい的な人物であるかは、誰もが――副監督のトムリントン氏《さん》やその二人の牧師補、モファット氏《さん》とティムズ氏《さん》にはじまって、クロップブアン橋（みんなはクロッバーン橋といっていましたが）から下ったところの小さな家の屋根裏に住んでいる、背中の曲がった小さな雑役婦のオート婆さんにいたるまで、誰もが――よく知っていました。

しかしいったんその陽の光がローリングス嬢《さん》の心のなかに、そしてその生活のなかに忍びこみはじめると、それはそこにあるなにもかもをその危険な金色で染めてしまうようになりました。けれどもそれは絶対にほんとうではありえないということからみても、あまりにも突拍子《とつぴようし》もない考えだというほかありませんでした。いったいどうしたら小さな女の子など一度も持ったことのないローリングス嬢《さん》が、小さな女の子をひとりなくしたりすることができたでしょう？　ところがローリングス嬢《さん》の考えというのはまさにそういうことだったのです。それは、まるで鮮やかな色彩《いろどり》のすばしこい小鳥のように、彼女の想像の世界のなかへ飛びこんできました。そしていったんそれがそこに落ちついたとなると、彼女はそれについて話すことをけっしてためらったりはしませんでした。

「ごぞんじでしょ、わたしの小さな娘《ガール》」と彼女はいつもいい、その大きな顔に楽しそうな微笑《ほほえ》みを浮かべてはきっぱりとうなずいてみせました。もっと正確にいえばそれは「わたしの小さな娘《ガ》っ子《ル》」というのでしたが、それは彼女がいつもその言葉を、セアラという名前の略称のサルと韻を踏むように発音してしまうからでした。これもまた奇妙なことだといわねばなりません。なぜならローリングス嬢《さん》は両親の手で最高の教育をほどこされていて、「クロエー」などという名前でも「霊《サイ》魂《キ》」とか「梗概《イピタミー》」とか「惑わされる《ミスレッド》」などという言葉でも、めったに発音しまちがえることなどなかったからです。それにわたしの知るかぎり――たいして知っているわけではありませんが――われわれの膨大《ぼうだい》な国語のなかにも一音節でサルというふうに発音される言葉などシャル《だろう》とパル《ともだち》を別に

OTE
R
CK

すると、ほとんどひとつもないのです。ペル・メル（英国陸軍省）はパル・マルとも読めますが、やっぱりもちろんペル・メルと発音するのですから。しかしそれでもローリングス嬢《さん》は彼女の小さい娘《ガール》のことを話しつづけ、その子のことをわたしの小さな娘《ガール》っ子と呼びつづけていたのです。

教区のうちには——ティムズ氏《さん》までふくめても——この小さな娘《ガール》っ子を陽気な小鳥や陽の光とくらべてみようと思いつく人は、ひとりもいませんでした。トムリントン夫人《さん》などはじっさい——そして教区のほとんどの人が彼女とおなじ意見でしたが——それはローリングス嬢《さん》のボンネットに蜜蜂がまぎれこんだ、つまり頭がへんになったのにすぎない、といっていたくらいでした。それはともかくとして、たしかに彼女のボンネットは、彼女が派手な色を好きだったのと、流行にはまるっきりおかまいなしに自分の好きなものを着るというふうであったせいで、蜜蜂がはいりこむのにそれ以上大きくて派手で花がいっぱいなものは望めないくらいでした。暗褐色の絹と栗色のビロードに薄紫の羽根とリボン、それに房と薔薇飾りは当然として、そのうえにローリングス嬢《さん》のボンネットはいつもよく開いたきれいな花——まっ赤な薔薇や紫色のパンジー、藤色のシネラリアなど——で飾られて、どんな蜜蜂でもむちゅうになって喜びそうな小さな庭そっくりだったのです。そしてこの蜜蜂はそこで一日じゅうブンブンいうにとどまらず、歌をうたってさえいたのでした。

それは彼女をまるで別人にしてしまったとさえいえるかもしれません。ローリングス嬢《さん》は以前からすでに活発で、じっさい的で、上きげんで、親切な人でした。ところがいまや彼女の心はそれよりもさらにずっといきいきとしてきたのです。彼女はまるで風船のように教区じゅうをひょこひょこふわふわと漂《ただよ》ってゆきました。あらゆることに対する関心がまず九倍になり、それからさらに九倍になったかのようでした。どんなものでも八十一倍ともなるとたいへんな量です。乞食たちや盲人、ジプシー、行商人、道路掃除夫たちは、ローリングス嬢《さん》が通りに帆をかけてやってくるのをみると、喜んで舌を鳴らしたものでした。彼女の心はまるで大西洋のようで、かれら——特に盲人たち——はその深い海のうえに漂う小舟に等しかったのです。また教区の各種の基金への寄付についていえば、それらはまず二倍になり、それから三倍になり、さらには四倍にまでなりました。

たとえばまず最初には、教区じゅうの小さな女の子や男の子たちに、クリスマスのツリーと干し葡萄《ぶどう》パンとオレンジ、六月のピクニックのためには犢肉《こうし》とハムのパイとアイス・プディング、そればかりか、五月祭には青葉の屋台を、そして十一月五日のガイ・フォークスのお祭りには大きな藁《わら》人形や爆竹《ばくちく》や筒形《つつがた》花火や支那《しな》の癇癪玉《かんしやくだま》やそのほかいろんなものまでも寄付するための基金がありました。しかも考えられるかぎりのありとあらゆる子供たちの楽しみのためばかりに、そうした基金があるわけではありませんでした。木の義足をつけた孤児のための基金というのもありました。マン島猫虎猫ホームというのもありました。未亡人たちのためには川ばたに柳の庭がありました。穴のあいた三ペンス銅貨協会というのもあれば、手回しオルガン弾きの病気になった猿のための毛布基金というのもあり、「三羽の雁」亭には引退した船乗りのために——臓物の丸煮やビーフプディングや干し葡萄入りプディングやジャム入りの渦巻きプディングやいろいろそういったものが食べられる——樫《かし》の木の梁《はり》をわたした夕食室もありました。そしてそのほかにもいろいろたくさんあったのです。もしローリングス嬢《さん》がどこかほかの教区に住んでいたりしたら、それはこの教区の猫や未亡人や孤児やオルガン弾きの猿たちにとってはとても悲しいことであったでしょう。

こんなにたくさんのお金と力とを持っていれば、もちろん小切手を切るのは誕生日帳に記入をするのとたいして変りはありません。それでも多すぎるほど寄付をするというのはけっしてたやすいことではなく、そんなことを企てた人はめったにありはしないのです。ローリングス嬢《さん》にしてもやはり、じっさい的な人間でした。慈善というものが（どこで終るにせよ）まず自分のところからはじまらなくてはいけないということを完全に知りぬいていた彼女は、こうしたことをつづけながらも、自分のいなくなった小さな娘《ガ》っ子《ル》については「三羽の雁」亭の老水夫たちのいわゆる「不断《ふだん》の見張り」を怠りはしませんでした。ところでそのいなくなった小さな娘《ガ》っ子《ル》がどんなようすをしていたのかも知らないで、どうやって不断の見張りをつづけることができたのかということは、問題になるかもしれません。それに対する答えはこうです。ローリングス嬢《さん》はそれをすっかりよく知っていたのです。

そのような理屈《りくつ》にあわない考えがどこから、いつ、どうしてやってきたのかということになると彼女にもわからなかったかもしれません。それでもやっぱり知っているにはちがいなかったのです。

彼女はその小さな娘っ子《ガール》のことをまるで親つぐみが卵のことを知り、クリストファー・レン卿が大聖堂のことを知り、ピース氏《さん》が金時計のことを知っているのとおなじくらいよく知っていました。もっともつぐみやクリストファー卿の場合と同様、最初ローリングス嬢《さん》にふりかかってきたのはたくさんの小さなことばかりでした。その点、それは彼女が七つの頃にひきずって歩いていた古い木の人形のクワッタの場合とはずいぶんちがっていました。

たとえばある朝のこと、ローリングス嬢《さん》は馬車に乗って、特になにを考えるでもなくぼんやりとしていましたが、クロッバーンの小さな石橋からいくらもゆかないところで、ふとある小さな古い家のうえのほうの窓に眼をやりました。するとその窓のところに輝く黒い眼をした顔があって、こっちをみているような気がしたのでした。それは一瞬のことでした。ローリングス嬢《さん》はもっとよくみようとして馬車のなかでいそいで首をひねりましたが、それでわかったのはもともとそこには誰もいなかったか、あるいは誰かがさっとひっこんでしまったか、あるいは輝く黒い眼とみえたのは単に菱形ガラスの表面に二つくっついてできた傷にすぎなかったか、そのどれかだということだけでした。「気がした」といったのはそういうことだったからなのです。もしその三つめの場合があたっているとすれば、ローリングス嬢《さん》がみたものは主として「その心のなかから」浮かんできたものだということになります。しかしもしそうだったとしたら、それはまた心のなかへ戻っていってそこに落ちついたということになるでしょう！　じっさいとても奇妙なことに、このまなざしは彼女の記憶のなかにくっきりとあとをとどめたのでした。

またローリングス嬢《さん》には名高いフェリシア伯母《おば》さんと同様、汽車のなかでボンネットの花や羽根やリボンをゆらゆらさせながら居眠りするという弱点を楽しむくせがありました。線路の上で轟《とどろ》く車輪の音は子守唄のようでしたし、窓のむこうをゆるやかに流れ去ってゆく野山は眼をとろとろさせるのでした。眠っていようがいまいが彼女はたいてい眼を閉じて、うたた寝をしているようにみえました。そしてそうしたとき、一度や二度でなく三度までも、汽笛の叫びや車輛《しゃりょう》の急な揺れでぱっと眼をさまして――狭い場所にはいった大きな動物のように――前をみると、むかい側の席に坐った小さな女の子がやっぱりもうさっきからローリングス嬢《さん》の顔に眼を据《す》えているのに気がついたことがあったのです。そしていつの場合でもその小さな女の子の顔には、熱心で我慢《がまん》強い興味の色がうかがえたのでした。

おそらくローリングス嬢《さん》の顔には――とりわけその顔の持ち主《ぬし》が汽車のなかで眠っているようなときには――小さな女の子なら誰もがたいへんな興味を持ってながめたくなるようなものがあったのでしょう。その顔は大きくて、小さいけれど力強い鼻はてっぺんで丸くなっていました。糖蜜色の眼の下のひらたい頬はとても鮮かな色をしていましたし、髪は大きなボンネットの下でまるで鬘《かつら》のようにさかだっていました。おまけにローリングス嬢《さん》には、キッドの手袋をはめた手を肖像画にでもなったみたいに膝のうえにそろえておくくせがありました。しかしそれにしても、それらの小さな女の子たちがみなよく似ていて、しかも窓のところでみた顔にそっくりだったということは、単なる「偶然の一致」としてかたづけてはしまえないはずです。そしてそれはローリングス嬢《さん》の心の奥にいつもひそんでいたあのなくした小さな娘っ子《ガル》にあまりにもよく似ていたのでした。

もちろんわたしには、ローリングス嬢《さん》の一家に幽霊のようなものがとりついていたというつもりなど、全然ありはしません。彼女の一家はごくじっさい的でそんなことからはかけ離れていましたし、また、その邸宅はこのうえなく高価な家具でいっぱいになっていました。わたしがいいたいのは、ただそれらの女の子たちがみんなたまたまどちらかというと細い顔をしていて、茶色のお下げと輝く黒潟色の小さな眼と細い手を持ち、窓のところにいた顔をべつにするとみんな丸いビーバー皮の帽子をかぶってボタンでとめたコートを着ていたということにすぎません。そうです、幽霊などいはしませんでした。ローリングス嬢《さん》が捜していたのは、正真正銘《しょうしんしょうめい》本物の小さな娘っ子《ガル》だったのです。そしてその名前はバーバラ・アランというのでした。

これはまったくばかげたことのようにきこえます。しかしそういうことになってしまったのでした。ずいぶん長いあいだ――副監督やトムリントン夫人《さん》やモファット氏《さん》やそのほか教区じゅうの奥様がたや紳士たちになんどもその小さな娘っ子《ガル》の話をしたにもかかわらず――ローリングス嬢《さん》はその小さな友だちの名前をぜんぜん知ってはいませんでした。ところがある静かな夏の夕べ、まだ空にかすかな赤味が残っているころ、広びろとした客間のなかをゆっくりと歩きまわっていた彼女は、偶然にも補助テーブルの上にあった一冊の本を開《あ》けてみたのでした。それは詩の本で——真紅に金縁をほどこし、真鍮《しんちゅう》の締め金がついていました——鼻の先に開いたまさにそのページには、次のような一行が読みとれました。

バーバラ・アランに恋をした

この言葉は野火のように彼女の心のなかを駆けぬけました。バーバラ・アラン——それが名前なんだ！　そうでなければこんなにぴったりなはずはない！　それとも響きが似てるのかしら？　たしかにある種の言葉や名前は響き合うものを持っています——。それはいわば世代を異にした兄弟姉妹のようなものです。たとえばトムリントンとポクリンガムがそうです。クインス《まるめろ》とシュリンプ《えび》もアンゼリカとシクラメンもそうです。とにかくわたしがいいたいのは、ローリングス嬢《さん》が「バーバラ・アラン」と印刷された文字を見た瞬間に、子供部屋できいた古い歌の一節のようにそれが心のなかを走りぬけていったということにすぎません。それは彼女の小さな娘っ子《ガール》であるか、またはそれに近いものでした。その近さは名前というものが——すなわちクロッカスとかボンボンとか羽《シャトル》根《コック》とかやどり木《ミスルトウ》とか食糧室《パントリー》とかいう名前が——名前の主に対して持っている近さと同じようなものだったのでした。

さてところで、もしローリングス嬢《さん》が王家の血筋をひいていて、お伽話《とぎばなし》のなかに住んでいたのだとしたら——つまりグリム童話の女王さまだったとしたら——いなくなった王女を捜したり、ぜひひとりほしいと思ったりするのは、ごくあたりまえなことだったでしょう。ところが彼女は、父方のお祖父《じい》さんがサミュエル・ローリングス卿と呼ばれていたことをべつにすると、王家とはごくごく遠い関係しか持ってはおりませんでした。もっとももうすこし考えを進めて、昔むかしあの楽園には――つまりこの広い世界全体にということですが――立派なアダムと美しいイヴしかいなかったことを思い、またわたしたちみんなとおなじくこの地上のありとあらゆる王さまや女王さまもやっぱりこの二人の子孫なのだということを思えば、わたしたちはみんな王さまや女王さまの子孫だということになります。それは押の強いローリングス嬢《さん》についてもいえることです。もっとも彼女には――トムリントン夫人《さん》とはちがって――大階段から降りてきた経験はなかったのでしたが。

そんなわけでローリングス嬢《さん》はお伽話のなかに住んでいたわけでも、グリム童話の人物だったわけでもなく、正真正銘本物の一教区に住む現実そのものといった人間だったものですから、彼女の友だちや知り合いはみんな内心では彼女のいう小さな娘っ子《ガール》はボンネットのなかの蜜蜂みたいなものにすぎないというトムリントン夫人《さん》の意見におおむね賛成していました。しかもその蜜蜂はそこにいるうちに、次第にそのぶんぶんいう音を高めてきていました。じっさい、ローリングス嬢《さん》はもうそのこと以外ほとんどなにも考えなくなりはじめていました。うわの空になった彼女は夕食のテーブルについても、スープのことや魚のことや鶏やフランス風ロールパンのことをすっかり忘れてしまうのでした。ガスはつけっぱなしにしました。さまざまな基金に寄付する小切手に、白紙のまますサインしたりもしました。盲目の乞食に夕焼けを指さしてみせたり、耳のきこえない人に子供のことをたずねたりもしました。仕立ておろしのマントとケープ付き外套《がいとう》を慈善バザーに寄付したこともありました。また魚屋に石炭を注文したり、一等の切符で三等に乗ったり、葉書の宛名にトムフーリントン夫人《さま》と書いたり――つまりぼんやりした人がしでかすことは、およそ考えられるかぎりほとんどやったのでした。

いまや彼女はひっきりなしに捜してばかりいました――時には家のなかで、また台所のあたりで捜すことさえありました。彼女の太った田舎者の女中たちは、喜んでそれを手伝いました。「いいや、奥さん、ここにはおりましねえだ」「いいや、奥さん、誰もまだみてませんですだ」「へえ、奥さん、部屋の仕度《したく》はみいんなできとります」

椅子から立ち上がるたびに、ローリングス嬢《さん》はいつもすぐに、車寄せのむこうのおもての通りを小さな子供が歩いていないかと窓のそとをのぞいてみました。おもてを歩いていると彼女はしょっちゅう辻馬車や荷車や四輪馬車や二輪馬車にひかれそうになりましたが、それはむこうへ消えてゆくお下げに気をとられているからでした。絵を売っている店や写真屋の前にくると、ショーウィンドウに飾ってある顔をひとつひとつみないでは先へゆこうとしませんでした。また友だちや友だちの友だちに会ったときや知らない人と話をしたりするときには、絶対に必ずなにか小さな生きもののことから話をはじめました。仔犬のことと、仔羊のことなどがたいてい最初にきて、それから次第に小さな男の子の話になります。そして突然ボンネットをさっとふりたてたかと思うと、小さな娘《ガール》たちの話にはいるのです。

今ではもう遠い遠い昔のこと、彼女は「バーバラ・アラン」の詩をすっかりそらでおぼえていたことがありました。

まだ二マイルもゆかぬうち
　きこえてきたは鐘の音
悲しい鐘のいうことにゃ
　バーバラ・アランはもうおらぬ！

「母さんわたしにやわらかな
　狭い寝床を作ってね！
いいひとがきょう死んだから
　明日《あす》はわたしが死ぬ番よ」

おお、なんと、なんと悲しいことでしょう。それにわかりっこないのです！　もしかして、もしかして——と彼女はある日考えました——あの詩のなかの死んでしまったかわいいバーバラ・アランは、時間の流れにもつれこんではいるけれど、実は彼女の小さな娘っ子《ガール》なのではないでしょうか？

アラン嬢のお父さんの奥さんの結婚前の姓がローリングスだということもありうるのではないでしょうか！

ローリングス嬢《さん》には考えこんでばかりいないだけの分別《ふんべつ》がたっぷりありました。彼女はすぐさまモファット氏《さん》に——彼は以前彼女の親友のシモン嬢《さん》と婚約していましたが、今では解消していました——バーバラ・アランの家族についてなにか知らないかたずねにでかけました。「家族ですと、フェリシアさん？」モファット氏《さん》は眉をぐいとつりあげて答えました。しかしやがて大英博物館へ出かけていったモファット氏《さん》が持ち帰ったたった二、三枚の大判の罫紙《けいし》にびっしりと書かれていたのは、バラードの詳細《しょうさい》すべてに、パーシー僧正《そうじょう》やアラン・ラムゼイやオリヴァー・ゴールドスミスや、グラミス城とかそのような古い建物で最古の写本を発見した紳士たちについての「伝記的事実」、それにサミュエル・ピープスの友であったニップ夫人がいかに魅惑的にこの歌を歌ってくれたかというようなことばかり——それ以外なにもありませんでしたので、ローリングス嬢《さん》はしぶしぶながら確かな事実を集めることをすっかりあきらめてしまわざるをえませんでした。「それもやっぱりわたしの小さな娘っ子《ガール》の家族なのかもしれないし」と彼女はいいました。「そうじゃないのかもしれないわねえ」そしてあいかわらず彼女はその深い豊かな声にかぎりない悲しみをこめて、あの悲劇の一節をくりかえしつづけました。

まだ二マイルもゆかぬうち

きこえてきたは鐘の音
悲しい鐘のいうことにゃ
バーバラ・アランはもうおらぬ！

そしていつも心のなかで彼女は「おお、そんな！　そんなことはだめだわ」とひとりごとをいうのでした。

そんなことがあって間もなく、ローリングス嬢《さん》は病気になりました。床につく一日か二日前のこと、彼女はコウマーメア通りを歩いていて、偶然にミス・ミフィンシズの女学校の生徒たちが外出を楽しんでいるのに出会いました。みるとその列――無礼な少年たちには鰐《わに》と呼ばれていましたが――の尻尾のところでは、二人の一番小さな生徒たちが感じのいいイギリス人の女教師につきそわれて、藪《やぶ》のなかの小鳥のようにおしゃべりをしながら腕を組んで歩いていました。彼女たちは二人ともどちらかというとやせた小さな子で、そろってビーバー皮の帽子の下に茶色のお下げをぶらさげていました。またもや一瞬はっとしたローリングス嬢《さん》はほとんど駆けださんばかりになって――つまり太ったその身体でできるかぎりの走りかたで――その二人の顔をひと目みようとしました。

しかしああ、悲しいことに、その学校の錬鉄《れんてつ》製の門はコウマーメア通りの角を曲ったほんのすぐのところにあり、彼女が芝生のうえの二本のチリー杉《モンキー・パズル》（学名アウリカリアス）と窓のところの真鍮《しんちゆう》のカーテン・バンドが見えるところまできたときには、鰐はもうすっかりむこうの石の玄関のなか

に姿を消してしまっていました。

ローリングス嬢《さん》は一瞬礼儀作法もなにもすっかり忘れ果てて、その光景をみつめてたちつくしました。急いだのと興奮とで身体は熱くなり、息が切れていました――おまけに風は東でした。意気《いき》銷沈《しょうちん》した彼女はベルを鳴らしてミス・ミフィンシズに会おうとするかわりにそのまま家に帰って、すぐにその学校の生徒全部にあてて、次の日曜の午後にお茶を飲みにくるようにとの招待状を書きました。しかしついぼんやりして彼女はその手紙を紫檀の小さな書き物机の上の、以前はサミュエル卿のものだった銀製のインクスタンドのそばにおき忘れました。そしてそれから二日して――二月の金曜日のことでした――彼女は気管支炎にかかったのでした。

ローリングス嬢《さん》は霧深い十一月などにもおなじ病気にかかったことがありましたが、こんどはいつもとちがって容体が悪く、ローリングス嬢《さん》の家のかかりつけのお医者様もいささか心配をしたほどでした。すぐに危いことになる心配はあるまいと、お医者様は看護婦のマーフィーさんに説明しました。それにしても気をつけすぎるということはないからな、ふむ。そしてローリングス嬢《さん》はとてもお金持でしたし、教区にとってもとても大切な人でしたので、お医者様はすぐさま有名な専門医をよんで彼女を診《み》てもらうことにしました――その専門医は名をジェイムズ・ジョリボーイ・ジョーゲハン卿といってハーレー街に住み、気管支炎にかけては（ハーレー街もやっぱり霧の多い教区ですから）ヨーロッパからアメリカ合衆国（アメリカはふだんはあまり霧深くはありません）にわたって並ぶもののない知識を持っていたのです。

幸いなことにローリングス嬢《さん》のかかりつけのお医者様と同様、ジェイムズ卿もこの患者については希望の持てる明るい診断をしてくれました。ローリングス嬢《さん》はぐるりとフリルのついた美しい羽根枕に支えられ、大きな頭にはきれいな大きい青いリボンをつけた寝室帽をのせてそこに横たわっていました。息づかいはいささか速く、体温はどちらの紳士の体温計で見ても一〇二・六度でした。寝室帽に眼をうばわれてしまったジェイムズ卿は、脈搏についてはそれを数えるのも忘れてしまい、なにもいわずに手首を離しました。キューピットたちに飾られた暖炉の真鍮と鋼鉄でできた広い炉《ろ》格子《こうし》のなかでは、火が勢いよく陽気に燃えており、そのうえでは大きな銅の薬罐《やかん》がせっせと湯気を出していました。小さなテーブルの上には薬瓶《びん》がのっており、ベッドのもう一方の側にはマーフィーさんばかりでなく、もうひとりべつの看護婦のオブライエンさんまでがひかえていました。もっとも彼女の顔は厳粛にしようとすればするほど、にやにや笑ってでもいるようにみえてくるのでした。

これらの人たちみんなをみて、ローリングス嬢《さん》はあえぎました。眼はいささかうつろであったにもかかわらず、彼女もまたほほえんでいました。なぜなら、ローリングス嬢《さん》がいつも忘れないことがたったひとつだけあるとすれば、それはほかの人たちがみんなげんきをなくしているようなときには陽気にするということだったからでした。彼女は自分が病気だと知っていましたので、ぜひともほほえまなければならないと思いました。ジェイムズ卿が「ところで舌はどうですかな?」とつぶやいたときにさえも、彼女はほほえむのをやめませんでした。そしてジェイムズ卿に、きていただいたのはたいそうありがたいけれども、そんな必要はすこしもないのだとうけあいました。「わたしはよく気管支炎にかかるんですよ」と彼女は説明しました。「でもけっして死んだりはしないんです」

やがてジェイムズ卿とかかりつけのお医者様は階下へ降りていって、金で飾られた書庫に二人でとじこもりましたが、そこでジェイムズ卿はいきなり次のように質問をしました。「ところであなた、われわれのあのすばらしい患者さんが、バーバラ・アラン嬢とやらについていっておられたのは、あれはなんですかな? そのような名前の御親類でもおありなのかな?」

この質問にローリングス嬢《さん》のかかりつけのお医者様はいささかとまどったようでした。「いえ、いえ、とんでもありません!」とかれは叫びました。「ちょっとした空想というか、気まぐれにすぎないんですよ、ローリングス嬢《さん》はどこかに自分の小さな娘がいるという考えをお待ちでしてね——おそらくその名前なんですよ、おわかりと思いますが。まったく無害な考えです。一種の精神錯乱ですな。実のところわたしはその件にはとやかくいわないことにしております。ローリングス嬢《さん》はまったく有能で、賢明で、活動的で、博愛心のある、じっさい的で心の広い、そのうえ——ええ——その、ユーモアのある御婦人ですからな。あの空想はおわかりとぞんじますが、どちらかというと『バーバラ・アラン』という名前にむすびついたものなんですよ――たしかウォルター・スコット卿のすばらしい小説の女主人公の名前でしたな。それだけのことです。べつになんでもありませんよ」

するとの背の高いジェイムズ卿は、金縁の鼻眼鏡ごしにローリングス嬢《さん》のかかりつけのお医者様の顔をのぞきこみました。「以前、わたしはひとりの患者を持っていましたがね、シェパード先生」とかれは重おもしく答えましたが、その声はローリングス嬢《さん》の声とくらべるとはるかに深く、しかし豊かさにおいては劣っていました。「その人はですね、自分がシバの女王でわたしはソロモン王なのだというほほえましい考えをお持ちでしたよ。非常にじっさい的な御婦人でしたがね。彼女は遺言《ゆいごん》でわたしに喪《も》の指輪を買うようにと三百ギニーのこしてくれましたよ」そしてかれはさらに――患者にはおそらくわからないであろうけれども、シェパード先生には完全に理解できる言葉で――ローリングス嬢《さん》はさしあたって危険な状態にいるわけではないということ、しかし死の扉との間にはじっさいのところ気持のよいちょっとした距離があるばかりだということを説明しました。それにしても気管支炎はやっぱり気管支炎なのだから、親愛なる御婦人にはできるだけ上きげんでいてもらわなければならないというのです。「最高の看護婦たち、優秀な連中をつけて、ありとあらゆる楽しみを用意することです!」かれはこういいながら、まるでシェパード先生が長いあいだ行方《ゆくえ》の知れなかった弟ででもあるかのようにほほえみました。そして上等なサゴ・プディングや葡萄《ぶどう》、極上《ごくじょう》の肉汁（トーストもしくはラスクといっしょに）、大麦湯、それに薬をいいと認めたばかりでなく、ローリングス嬢《さん》がほしがるだけ何人でもバーバラ・アランを与えるべきだというのでした。こうしたかれの話はみんなまるで「ヨーホーホー」とか「リオをめざして」とか「碇《いかり》をあげて」などの古い船乗りの歌の合唱のように響きましたので、今にもシェパード先生がそれにくわわるのではないかと思ってしまうほどでした。

それから二人の紳士は挨拶《あいさつ》をして帰途につき、まだ自動車のない時代でしたので、シェパード先生はジェイムズ卿を自分の一頭だての馬車で送ってゆきました。二人の看護婦は窓のところからひきさがり、ローリングス嬢《さん》は深い眠りに落ちてゆきました。

二、三日するうちにローリングス嬢《さん》はずっとずっとよくなりました。体温は九七・四度にさがりましたし、呼吸も一分間に二十四、五回を越えることはなくなりました。頬の紅潮もひき、薬は瓶に三本ぶんをすっかり飲んでしまいました。彼女はまた鶏の胸肉をひと切れむさぼるように食べたばかりか、サゴ・プディングを喜んで味わいもしました。看護婦たちはそれに満足しました。

しかしローリングス嬢《さん》にとって、どちらかというとこの病気は、一日も早くバーバラ・アランをみつけだしたいという気持を強める働きをしました。けっきょくのところ誰がみてもわかるとおり、わたしたちはある年数しか生きられはしないのですし、一年は暦《こよみ》の十二ケ月しかなく、一番短かい月はうるう年を別にすると二十八日しかないのです。ですからぜひやりたいと思うようなことがあれば、すぐにとりかかってどんどん先へ進めなければなりません。

　やがてダビンズさんの押す病人用の椅子ではじめて外出した彼女は、すぐその日にコウマーメアの林で親しい友人のモファット氏《さん》に会い、二人は詩にでてくる村の鍛冶屋の店の前にあったような大きく枝を張った栗《くり》の樹の下でしばらく話しあいました。モファット氏《さん》はいつみても、ふさふさした艶のいい髭でもはやしていればよかったのにというふうにみえました。もしそうしていたとしたら、その髭はこうしてローリングス嬢《さん》の話をきくうちに、なんども振り動かされたにちがいありません。「わたしがやろうと思っておりますのはね、モファットさん、広告なんですよ」と彼女は叫びましたが、その声があまりに力強かったので、その頭上にあって春の陽のなかにいささかものうげに葉を差しのべていた栗の樹までが、その一番低い葉むらを震わせたほどでした。

「広告ですと、フェリシアさん?」とモファット氏《さん》も叫びました。「いったいどうなさるんです?」

「どうするですって、あなた」とローリングス嬢《さん》は答えました。「もちろんバーバラ・アランを捜すんですよ」

　モファット氏《さん》はすばやくまばたきをし、眼にみえない髭はそれにつれていっそうひどく揺れ動きました。そしてかれはローリングス嬢《さん》の大きなボンネットのなかを、じっさいにそこに働き蜂がみえ、もしかすると女王蜂がみごとな巣を作っているのもみえるかもしれないといわんばかりにのぞきこみました。

しかしやがてボンネットをもうひと揺すりし、「いいですよ、ありがとうダビンズ」といってからかれに別れを告げたローリングス嬢《さん》は、自分の言葉に忠実でした。彼女はいつもそうだったのです。三日ののちタイムズとモーニング・ポストとデイリー・テレグラフに、そして五日たってスペクテイターに、つぎのような広告が出ました。

至急求む。当方は記憶以前の昔にバーバラ・アラン（おそらく）もしくはバーバラ・アランに似た響きの名前の少女をなくした一婦人。少女の年齢はおよそ十歳。三角形に近い顔に狭い頬骨、輝く茶色の眼、やせており、長い指を持ち、お下げにしていて、おそらく丸いビーバー皮の帽子を着用。該当の少女にはきわめて幸福な家庭とありとあらゆる楽しみが約束され、その最初の九年余りのあいだ、友人たち（および親族）によって彼女に与えられた親切と心遣いにも十分な報酬を考慮。

ローリングス嬢《さん》がこの広告をどれほどくりかえしくりかえし読んだかはたやすく想像できます。その朝のタイムズにはまるで神々の食物にふりかける香料のような香気があったのでした。しかしローリングス嬢《さん》といえども、この広告にこんなにも早く、自発的な、たっぷりとした反響があろうとは思ってもみませんでした。広告のでたつぎの週ともなると、彼女の家の美しい鉄細工の門は、毎日朝から晩まで開いたり閉じたりして、茶色の眼で長い指でお下げでビーバー皮の帽子でおよそ十歳の、ありとあらゆる形と大きさと種類の小さな少女たちを招き入れました。そしてたいていの場合それらの候補者たちには、伯母さんとか継母《ままはは》とか孤児院の寮母さんとか女友だちとかがつきそっているのでした。

本当にバーバラ・アランという名の少女は三人いました。しかしそのうちのひとりは赤い髪をしていてそばかすがありましたし、二人目は亜麻色の巻毛をしていてお下げをリボンで結んでもすぐにゆるんでしまうのでした。また三人目は髪こそ茶色でしたが、眼には灰色のしみがあって、すくなくとも十一歳にはなっているようでした。この三人をべつにしてもバーバラという洗礼名の少女は何人もいましたが、彼女たちの苗字《みようじ》はアリソンだったりアンガスだったり、アンソン、マリングス、ブリング、ダリング、スポルディング、ベリンガム、アリンガムなどいろいろでした。つぎにはマージョーとかマルシアとかマーガレット、ノラ、ドラ、ローダ、マルタなどの名前で、苗字のほうがアレン、アラン、アレイン、アリンなどだという少女たちがいました。またひとりサフランのように黄色い髪をした小さな少女がとても大きな寮母さんに連れられてきましたが、彼女の名前はダルシベラ・ドブスというのでした。

ローリングス嬢《さん》は椅子に坐ったままその大きな明るい顔と輝く小さな眼でそれらの少女たちみんなにほほえみかけ、伯母さんや継母や女友だちに質問をし、そしてダルシベラ・ドブスまでふくめてひとり残さずほしいと思いました。しかし、かつてエーゲ海のきらめく波を前にして坐り、ギリシア人の小さな生徒たちのために砂に三角形を描いてみせたユークリッドもいったように、どこかで線をひかないわけにはゆかないのです。そこでローリングス嬢《さん》はけっきょく、やはりここでは三角形の顔と高い頬骨と「本当に」茶色の眼をした、お下げらしいお下げの少女たちだけに厳密に限定するのが、親切でもあり、賢くもあり、慎重で適切なことであると心に決めました。そのような少女たちがいると彼女はなんどもなんども夢中になったのでした。

彼女がきわめて母性愛に富んだ心の持ち主であったことに疑いはないとしても、たいていの母親にはこんなにうまいぐあいにその気持のおもむくままにふるまう余裕はないものです。じっさい、もし年収が一万ポンドしかないのでなければ、ローリングス嬢《さん》はどこにも線などひかなかったにちがいありません。

条件にはずれた少女たちにさようならをいうとき、彼女の眼からは涙があふれてきました。彼女はそのひとりひとりに干し葡萄《ぶどう》パンとオレンジを、一個ずつどころか一袋ずつわけ与えました。しかもそれはありきたりのデニア産のオレンジとふつうの葡萄パンではなくて、ジャッファのオレンジでありバースの名産の味つけパンだったのでした。また彼女は少女たちを連れてきた保護者たちに遠いところをきてくれたお礼をいい、旅費を支払うといったら失礼にあたるだろうかとたずねました。失礼だといったのはたったひとりでしたが、よくきくと彼女の旅費はたったの三ペンス——自分の二ペンスに、連れてきた小さなペゴティ・スポルディングのが（半額で）一ペニー——にすぎませんでした。そこでローリングス嬢《さん》は彼女の六ペンスを支払いました。

彼女はぜんぶで三十人の十歳になる小さな少女たちを手元におくことにしましたが、こんなにもたくさんの幼い幸運なお下げの少女たちがそっくりな顔をして笑っているのは、ほかではけっしてみられない光景でした。ローリングス嬢《さん》はタイムズとモーニング・ポストとデイリー・テレグラフとスペクテイターから非常な成功をおさめた広告をとり下げ、トラフォード・ハウスと呼ばれていたとても美しいチューダー様式の家を買いました。この家にはよき女王アンやウィリアム王やメアリー女王の頃に建てましした翼《よく》がひとつふたつついていて、地所もすべて家に付属しており、教区からも十マイルとは離れていませんでした。庭園の森の樹々——ヒマラヤ杉、栗、トネリコ、橅《ぶな》、樫《かし》など——はとてもみごとなので、入口の車道のところからは煙突がほんのちらりとみえるばかりでした。

さてこの世のなかには奇妙なことがしばしばあるものですし、偶然の一致というのもムカデと同じくらいありふれたものにすぎません。ですからこの家を検分したときに、数えてみると——確かめるためにもう一度数えても——ちょうど三十の小さな寝室があるのに気がついたローリングス嬢《さん》は、びっくりするというよりむしろしあわせに思ったのでした。保母さんや看護婦さんや小間使いや女中や仲働きの女中やボタンどめの長靴や短靴をみがく男の子のためには、うえにもうすこし大きな寝室がいくつかありました。法律顧問は彼女に、この施設は小さな抽き出し箪笥《だんす》や洗面器、寝室用の水差し、真鍮《しんちゆう》の蠟燭《ろうそく》立て、楕円形《だえんけい》の鏡、小型ベッド、三本足の椅子、縞模様のカーテン、毛糸の敷物などをふくめると、西洋箪笥や飾り棚、魔法瓶《まほうびん》、スープ柄杓《ひしやく》などはべつにしても――それに庭園の門のところに立っている頬髭をはやした番人のための真鍮のボタンのついた制服をいれないでも――年にすくなくとも六万ポンドはかかると説明しましたが、ローリングス嬢《さん》のボンネットの蜜蜂は、いまや巣箱ひとつ分の蜂の群れのようにぶんぶんいいはじめていたのでした。

「あら、そうですか、ウィルキンソンさん」と彼女はいいました。「わたしもちゃんと職業婦人なんだし、自分でちょっと見積もりをしてみたんですがね、六千と四ポンド十シリングになりましたよ。いいぐあいじゃありませんか！　すくなくとも四ポンド十シリングはわたしのポケットに残るわけですからね」

そんなぐあいにして二、三週間のうちにすべての用意がととのいました――ペンキは塗りなおされ、小道には砂利《じやり》が敷かれ、花壇にはゼラニウム、小型ベッドには芝生の上のデイジーのように小ぎれいな掛け蒲団《かぶとん》、そして三十人のバーバラ・アランたちは長い大きな樫のテーブル（昔、ヘンリー八世の時代には僧侶たちがその上で金曜日の魚を食べたとのことでした）の両側に十五人ずつ坐り、上座には巻毛のくるくる巻いた保母さんが、下座には糊のきいた帽子をかぶった看護婦頭が位置をしめました。そしてローリングス嬢《さん》は南側のはりだし窓においた大きな樫の木の椅子に腰をおろし、黒檀と象牙《ぞうげ》の杖を握って、紫色のボンネットの下から、まるでトラフォード・ハウスをエデンの園とかんちがいしてでもいるかのようにバーバラ・アランたちにほほえみかけていました。

また、この最初の大きなお茶の会のテーブルに並んだ三十人のお下げさんたちが、どのひとりをとってもまるで風に揺れる六月の薔薇《ばら》のように楽しそうだったということは、ぜひいっておかねばなりません——きいちごのジェリー、いちごのジャム、自家製のパン、プラム・ケーキ、甘いものやミルクのきらいな者には極上《ごくじょう》の肉汁、サリー・ラン、ヒースの蜂蜜、付添い娘という名のケーキ、そしてテーブルのまんなかには、キューピットやボンボンや銀の鈴を飾り、小さな蠟燭を三十本たてた巴旦杏《はたんきょう》いりの大きなケーキが、大都市ロンドンのまんなかのラドゲイト・ヒルのてっぺんにそびえ立つセント・ポール寺院さながらに据えられていたのでした。これが大きなお茶の会であって毎日のお茶でなかったのは、三十人のおなかにとって幸運なことといわねばなりませんでした。

そしてやがて三十人のお下げさんたちが、ローリングス嬢《さん》の大好きだった今はもういない伯父《おじ》さんが作った曲にあわせて、モファット氏《さん》がラテン語から英語になおした感謝の歌を歌い終ると、この大きなお茶会もいよいよ終りになりました。三十人は——ひどく太った部分からできた鰐《わに》のようなようすで——ローリングス嬢《さん》のところへおやすみなさいをいいにきましたが、そのうちの何人かはほとんどしゃべることができないようでした。少女たちのみんながみんなあまりよく知らない人にキスされるのを喜んでいるわけではないのに気づいたローリングス嬢《さん》は、ひとりひとりと握手をするだけにし、母親らしい心でいっぱいになったその心臓もやぶれんばかりにみんなにほほえみか

けました。シェパード先生はこの三十人の小さなお下げさんたちのお医者さまになり、モファット氏《さん》は二週間に一回、日曜日に教理問答を教えにきてくれました。

ローリングス嬢《さん》は自分ではいくつかの規則を忠実に守っていましたが、他人を取締まったり規則を押しつけたりすることはぜんぜん好きではありませんでした。ものごとというものがたいていどんなにむずかしいかということを思うと、彼女は誰もが自由でなにもかもがたやすかったらと心から思うのでした。お下げさんたちの家庭における毎日の秩序もそうしたことに基づいていました。

夏ならば七時半、冬ならば九時に、ボタンのついた制服の少年が、にぎやかに響きすぎないように舌に綿を巻きつけた大きなベルを鳴らします。この大きな静かなベルの音は、小さなベッドのなかで甘い夢の名残《なご》りをむさぼっているお下げさんたちの眼をさますためのものですが、それだけではなくて彼女たちに本当に起きるまでにまだ三十分は毛布にくるまっていてもいいのだということをも教えてくれます。それからいつものように、髪や歯や爪にブラシをかけます。そして「朝のお空が金色に」なったら、庭をみはらす窓に桜草色のカーテンのかかった、大きな白い部屋で朝ご飯です。そしてそのとき自分が前の日にいつものようにいい子ではなかったと思うお下げさんがいたら、罰として――もし自分からたのめば――大きなお皿いっぱいの塩いりまたは塩なしのオートミールのおかゆを食べることが許されます。最初の一年には九十九皿ものおかゆが出されました――お下げさんたちはそれほど気概《きがい》にあふれていたのです。とはいえ十二月の三十一日の朝食が百枚目のお皿なしにぶじに終ったとき、どれほどほっとしたように三十のため息がつかれたかはたやすく想像できるでしょう。

九時から十二時までのあいだは、お下げさんたちみんなにとって特別に忙しい時間です。ベッドをととのえてしまうと彼女たちは庭や森へとびだしてゆきます——流れへ水浴びをしに、小鳥の声をききに、おしゃべりをしに、歌を歌いに、あるいは絵をかきに、遊びに、本を読み、踊りにゆくのです。じっと坐っているだけというのもいます。橅の樹の高い枝のうえで詩をおぼえたり、自分で作ったり、おたがいのを読みあったりしている者たちもいます。そうしたことはみんなお天気しだいでした。太陽は輝き、ミヤマガラスはかあかあ鳴き、しなやかな緑の葉はなにやらささやいています。そしてローリングス嬢《さん》はいつもその下に立っては、彼女たちがその青あおとした止まり木に群がっているのを、猫がカナリヤをみつめるようにうれしそうにながめるのでした。とうとうそのあたりには小さなお下げさんたちの知らない花ひとつ、樹一本、虫一匹、星ひとつなくなってしまい、小鳥も小さな獣《けもの》も魚も茸《きのこ》も苔《こけ》も小石もひとつ残らずすっかりおなじみになりました。そしてみんなはそうしたいろいろなものを知れば知るほど、いっそう親しみを持ってみるようになり、そうやってみればみるほどさらにいっそうそれらを愛し、それらをよく知るようになってきました——あれもあれも、またあれも、まわりじゅうがそうなのでした。

十二時から一時までは「授業」がありました。それからお昼で、たくさんの舌はまるで銀の匙《さじ》を盗《と》りに食糧室を襲った小ガラスの群れのようににぎやかな音をたてました。午後になると、いったことのないほうへ散歩をしたい者は散歩にでかけました。何人かは家に残って、小さな居間に陣どって野鳥の魔法のさえずりを思わせるような声で合唱をしました。何人かはつくろいものや縫いもの、縁飾りや刺繍をし、なかには算数をやる者もいました。またある者はぶらぶらして過ごし、ある者はウソや兎《うさぎ》や蜜蜂や天竺鼠《てんじくねずみ》や家鴨《あひる》の世話をしました。そこにはまだそのほかに、餌をやらなければならない鶏や鳩や仔牛や豚がいましたし、瓶《びん》からミルクを飲ませてやらなければならない小さな親のない仔羊たちもいました。そしてときおり午後になるとローリングス嬢《さん》がはいってきて窓のところに坐ってお下げさんたちをながめたり、みんなにお話を読んできかせたりすることもありました。シェパード先生は一度ならず三度までも、もし彼女がそんなにもたくさんの砂糖菓子やキャンディや棒砂糖や飴玉《あめだま》を持ってくるのをやめないなら、お下げさんたちの九百本かもうすこしある白い象牙のような歯は一本残らずだめになってしまうだろうと断言しました。そこでローリングス嬢《さん》はそれを日曜日だけに限ることにしました。

　五時はお茶の時間でした。月曜と水曜と金曜はジャム、火曜と木曜と土曜はジェリー、日曜はその両方でした。六時から七時まで「授業」があり、いつも九時になる前に小さなお下げさんたちはもうすっかり眠くなって、ベッドへととんでゆくのでした。何人かはじっさいほかのみんなが夕方の讃美歌を歌うよりも先にもう夕食のビスケットを食べてしまって、ベッドのなかに気持よくおさまってしまうことさえありました。夕方の讃美歌は常に「永遠なるかな我らの父よ」でした――なぜなら彼女たちはあまりにも幸福なので、その幸福が穀物に群がる鳥か雨のふる前の蝶々《ちょうちょう》のように飛び去ってしまうのではないかと思うと、自分たちもあの船乗りたちと同様「深淵の危険に」さらされているとしか考えられなかったからでした。日曜日には「光よ我らを導きたまえ」を歌いましたが、それはかつてローリングス嬢《さん》のお母さんが、かの偉大な祝福されたニューマン枢機卿によって祝福を受けたことがあったからでした。その伴奏にはお下げさんたちのひとりがバイオリンを、ひとりが甘い音色のヴィオラを、もうひとりがハープシコードを受け持ちました。ローリングス嬢《さん》は「バーバラ・アラン」を読んで以来、ピアノというものをやめてしまっていたのです。それが終るとみんなはすっかり眠くなって、楽しそうにおしゃべりをしながら列を作ってベッドにむかうのでした。

つまりこれが彼女たちの一日でした。そして夜になると、みんなの眼には見えませんでしたが、トラフォード・ハウスの屋根のうえには星が一晩じゅう壮麗に輝き、あるいは月の白い顔が眠っている庭や鳩たちや豚や仔羊や花々を見おろしました。また時には空の雲のあいだを風が駈けてゆくこともあり、また時には暗いいく時間かのうちに、霜の冷たい輝きが宿をみいだせるありとあらゆる場所に白い花粉をまき散らしてゆくこともありました。小さなお下げさんたちが目をさますと窓ガラスには奇妙な冷たい葉や花が貼りついていて、時には水差しのなかにまでゆがんだ薄い氷のかけらがみつかることがありました。そのような厳しい冬の朝には、みんなの歯は猿たちが木の実を噛み砕いてでもいるかのようにガチガチと音をたてました。そのようにして時は流れてゆきました。

ちょうど一年目の六月一日にトラフォード・ハウスでは、湖に平底船を浮かべ、庭のテントにレモネードやいろいろな食べものを用意して、すばらしく大がかりな園遊会が開かれ、以前の保護者たちや伯母《おば》さん、継母《ままはは》、寮母さん、女友だちなどの全員が、ローリングス嬢《さん》の小さなお下げさんたちに会いにくるようにと招待を受けました。何人かは彼女たちの姉妹や姪《めい》や甥《おい》たちを連れてきました。そこには、メリーゴーラウンドがあり、パイプ落としの遊びや鬼ごっこもでき、パンチとジュディの人形芝居もあり、でぶのおじさんや占師《うらないし》や香港《ほんこん》からきたすばらしい三人の軽業師《かるわざし》までいました。食べるものもみるものも山ほどあり、ハンカチ落としもあり、最後に花火と「神よ女王を護りたまえ」があって、九時半になにもかもがおしまいになりました。

ところでこの家の建物《ハウス》はさっきからいっているとおりトラフォード・ハウスと呼ばれていましたが、家自体《ホーム》は「茶色の眼と細い頬骨とビーバー皮の帽子とお下げにかぎってのすべての小さなバーバラ・アランおよびそれに準ずる少女たちの家」と呼ばれていました。この「かぎって」というのはそこに三十人しか収容できないこと、時間も永遠にというわけではないことを示していました。

いまやローリングス嬢《さん》がもう生きつづけられないほどひどくしあわせになることを妨げるのは、たった三つのことがらだけになりました。その三つとはつぎのようなことでした。(a)彼女はずっとその家で暮したいのだけれど、教区のほうでは彼女なしでどうしたらやってゆけるでしょうか？(b)お下げさんたちが十二になり、十四、十五、十六、十七と大きくなって大人になってしまったら、どうしたらいいでしょうか？ (c)彼女たちのうちひとりでも手放して、ほかの少女たちをさがしたりすることができるでしょうか？

なぜなら、おわかりと思いますが、ローリングス嬢《さん》のもともとのバーバラ・アランは十歳だったのであり、どうやってかはわかりませんがずっと十歳のままでいたからでした。しかしこの世のものごとというものはしばしば、特に注意を払わないでいるうちにどういうぐあいにかうまくゆくことがあるもので、こうしたむずかしい問題もやがて陽《ひ》に照らされたバターのように簡単に溶けていってしまいました。

まず第一にローリングス嬢《さん》はついに――正確にいえば一八八八年、つまりヴィクトリア女王の五十年祭の翌年のことですが――ついに茶色の眼とビーバー皮の帽子とお下げにかぎってのすべての小さなバーバラ・アランおよびそれに準ずる少女たちの家へ移り住むことになったのでした。彼女は規律を乱さないようにするために、保母さんのお友だちと呼ばれました。そして教区が彼女を必要とするときには――そういうことはかなりしばしばありましたが――教区のほうで（三、四十人がかりで）、彼女をその平底船と睡蓮《すいれん》を浮かべた池を見おろす小さな客間に訪問することになりました。

第二に——しかしどうしてか、わかる人がいるでしょうか——小さなお下げさんたちはどういうわけか、大きくなるはずのところがすこしも大きくなりませんでした。彼女たちの時間にはなにか奇妙なことがおこったのでした。それは時計にあらわれていることとは一致のしようがありませんでした。時間が余分にあったというのでないならば、それは時間のなかにかぎりなくたくさんのものがあったということなのでしょう。それは彼女たちみんなにとって、空気や露や陽《ひ》の光や南風とおなじようなものでした。こうなると、もうどういうことか誰にもわかるはずはありません。そのうえ彼女たちは、いろいろすばらしいことを習い、ジャムやジェリーやイングランド風のロースト・ビーフなどをたくさん食べたにもかかわらず、その背丈においても十歳の心においてもすこしも変化をみせませんでした。茶色の眼はその光と輝きをすこしも失いませんでした。頬骨の高い三角形の顔には皺一本できず、きちんとした小さなお下げにも灰色や銀色の髪は一本もまぎれこんではきませんでした——とにかくみたところはそうだったのです。

　ですからつぎにいえるのは、ローリングス嬢《さん》には彼女たちの誰ともすこしも別れる必要はなく、広告をだしてべつの少女を捜す必要もなかったのだということです。

　そのうえもうひとつ奇妙だったのは、ローリングス嬢《さん》自身がどんどんお下げさんのひとりのようになってきたということでした。彼女は若がえってきました。そして女学生のような笑い声をたてはじめました。顔もほんのすこしとはいえ細くなり、頬骨までが以前のように広くはみえなくなってきました。ボンネットについていえば、それは「時がたつ」につれて横にひろがるかわりにうえへ伸びてきました。そんなわけで彼女が三十人をひきつれて教会へでかけ、トムリントン夫人《さん》のうしろ三列目の席に坐っているのをみると、いささか巾の広いお下げさんがほんのちょっと着飾っているにすぎないと思いちがいをしそうになるほどでした。

彼女がその心の奥の一番ひそかな隅のところで今なお、その生涯にわたる白昼夢であったたったひとりの完全な小さなバーバラ・アランを捜していたというのは本当でした。しかしものごというのはだいたいそういったものなのです。そのことを思うと彼女はほとんどわからないほどかすかに希望と問いかけを秘めた生真面目《きまじめ》なまなざしで、たくさんの丸い茶色の眼を見渡しましたが、それ以上はなにもしはしませんでした。それにその心の底では彼女は——おお、じっさいそうなのでした——たいていあまりにも幸福で常識があって人が良くて家庭的だったので、そのことについていろいろ話してみようという気にはまるでなれなかったのです。

わたしたちはみんなおしまいには死んでしまいますが——そしてまた旅をつづけるのですが——ローリングス嬢《さん》もやはりそうでした。そして同様に三十人の少女たちも、保母さんも、看護婦頭も、モファット氏《さん》も、シェパード先生も、口髭をはやしていた庭園の門番も、それにボタンどめの長靴をみがいていた少年も、小間使いも、仲働きの女中も、トムフーリントン夫人《さん》も、やはりみんないつのまにか死んでしまいました。そして今もし古い家と小さな墓の列をみたいと思うならば、教区

の教会を左手にとって右に折れる最初の角を曲がり、里程標を通りすぎて門柱がみえるところまで歩いてゆけばいいのです。

するとと野原——小麦がはえている時もあればチューリップが咲いている時もあり、また時には大麦やクローバーやスウェーデン蕪《かぶ》が植えてあることもあります——を横切る道があり、それをゆくと窪地にでて、そこに農場がひとつありますが、そのそばに家鴨《あひる》の池があり、夜になると松林ではほろほろ鳥が眠り、きれいな古い藁葺《わらぶき》の納屋《なや》の前では孔雀鳩《くじやくばと》たちが陽射《ひざ》しをあびてクウクウ鳴いています。農場の庭を横切ると、茨とはしばみの森に沿った小道に出ます。東のほうをむいてしばらくその道をたどり、干し草の山のむこうにある丘をあがると、やがてそこに——もしまだそこにあるならば——茶色の眼とビーバー皮の帽子とお下げにかぎってのすべての小さなバーバラ・アランおよびそれに準ずる少女たちの家がみえてきます。

そしてそこからほど遠からぬところに、モファット氏《さん》自身の寄進による美しい藁葺きの壁をめぐらした、きれいに刈られたちょっとした芝生が見つかります。そしてそこにあの小さな三十人の少女たちが、細い骨の横にお下げを列べてみんなそろって眠っているのです。そこには仲働きの女中たちもいれば小間使いたちもいますし、頬髭をはやしていた庭園の門番もボタンどめの長靴をみがいていた少年もいます。そしてローリングス嬢《さん》もまたそこに横たわっています。やがて最後の審判の喇叭《らつぱ》が響きわたれば、かれらはみんなそろって雲雀《ひばり》のようにしあわせで朝の茸《きのこ》のように香り高いさわやかな目覚めを迎えることでしょうけれども、もしそれについてさらにもっとおききになりたいのでしたら、どうかウィリアム・ブレイク氏の詩の本をごらんになって下さい。

ルーシー

昔むかしのこと、マクナッカリー家に三人の姉妹――マクナッカリーの嬢さんたちというほうがぴったりかもしれません――がおりました。三人は石の家と呼ばれる大きな白い四角い家に住んでおり、その名をユーフェミア、タバサ、それにジーン・エルスペットといいました。三人はスコットランドじゅうなんマイルものあいだに、それこそター川からグランピアン高地にまでわたって――ユーフェミアとタバサをきらいなある従妹《いとこ》にいわせると、ター川から気むずかし屋《グランピイ・ワンズ》にかけてとのことでしたが――その名を知られておりました。

石の家を建てたのはマクナッカリーの嬢さんたちのお祖父《じい》さんにあたるアンガス・マクナッカリー氏だったのですが、この人物は半ズボンのポケットに半ペニーあるかなしの貧しい少年から、スコットランドでは最高の、袋にする麻布を製造する裕福な工業主に出世した人でした。かれはまた荷造り用の麻ひもも作りました。およそ金儲けになることなら、たいていなんだってやったことでしょう。けれどもやがて六十六歳になると、かれもとうとう田舎《いなか》へひっこんで散歩をするための広い庭を持ち、花壇には花、温室には胡瓜《きゅうり》、豚小屋には豚、そしてミルクとクリームとバターをとるのに牛を一、二頭飼って、田舎紳士として暮らしたいと思うようになりました。

そこでかれは煤煙にすすけた大きな工場と倉庫とを、なかにはいっているひもや布や麻、黄麻、それに鯨の髭もいっしょにぜんぶで八万ポンドで売り払ってしまいました。この八万ポンドでかれは石の家を建て、立派な家具と馬車と馬を飼い、残ったものを投資にまわしたのです。

ジーン・エルスペットは算術を習いはじめてそれに興味を持つようになると――お父さんとお母さんが、時々お祖父さんのことやその財産のこと、そしてそれをどう投資したかなどについて話しているのをきいたことがあったので――家庭教師のギンプ嬢を喜ばせるために、それを計算してみようと考えつきました。そして練習帳にいささか間のびした数字でつぎのように書きました。

8万ポンドで年利4パーセント

=80,000 ポンド×4÷100=52,000 ポンド

これは彼女がはじめてやりとげた、本当におもしろい計算でした。けれどもジーン・エルスペットがこれをお父さんに見せたときには、ギンプ嬢はいささか困りました。それにしても先代のマクナッカリー氏は本当に金持だったのですし、その工場を買った紳士がそののち、かれが作っていたような上質の麻布や感嘆すべき麻ひもを作れないでいるといって、かれはいつも嘆いていたのです。

かれは八十歳まで生きていて、その息子でありジーン・エルスペットの父親であるロバート・ダンカン・ドナルド・ダヴィッドに財産をのこして亡《な》くなりました。その息子のほうも死ぬと、その最愛の妻ユーフェミア・タバサもすでに亡かったので、八万ポンドのうち残っていたものはぜんぶ（悲しむべきことに、そのほとんどをかれは失くしてしまったのです！）三人の娘、ユーフェミア、タバサ、およびジーン・エルスペットにのこされました。

四つの大きな窓のある広い食堂で家族と朝食をとれるくらいに大きくなってからは、ジーン・エルスペットはいつも、お祖父さんとお父さんとお母さんの肖像画のまむかいの席に坐りました。それらの絵は堂々とした重い金色の額にいれられて、窓の反対側の壁にかかっておりました。そして彼女は背の高い椅子に坐ってオートミールのおかゆを大いそぎですすっているあいだじゅう――彼女がそれをいそいですすったのはそれが好きだったからではなく、食べない罰に部屋の隅に立たされるのが嫌《いや》だったからでした――それらをみつめることにしていました。

お祖父さんの肖像画はその三つのなかでも格段に大きく、刳形《くりがた》のある天井《てんじょう》のしたの高い壁のちょうどまんなかにかかっておりました。かれはもじゃもじゃの頬髭をはやし、冷たく輝く青い眼をした、頑丈な堂々とした人でした。その右手の親指と人差し指からは、太くて立派なアルバート型の時計鎖がぶらさがっていましたが、それを描いた画家の腕の巧みさときたら、ひと目でそれが十八金の品物だということがわかるくらいでした。お祖父さんはそんなぐあいにして、いつも大胆な眼つきをしてそこにぶらさがっていたのです。

　おまけにお祖父さんはいつみても、ちょうどまさに時間をみようとして時計をとりだしかかったところであるかのようにみえました。そしてジーン・エルスペットは、もしかれがそれに成功したら時計の針は十二時十五分前を指しているにちがいないという、奇妙な考えを持っていました。けれどもどうしてそうなのかをきかれても、彼女には、なぜオートミールのおかゆをすするとき一匙一匙数えるのか、そして最後の一匙が奇数だとなぜうれしく思うのかが説明できないのと同様、なんとも答えようがなかったことでしょう。

　お父さんの肖像画に描かれている人物は、お祖父さんとくらべるとはるかに頑丈でもなければ堂堂ともしていませんでした。かれは色が黒く、微笑をうかべていて、頬髭ははやしておりませんでした。それでもジーン・エルスペットはかれが大好きで、毎朝食事を終えると（もし誰もみていなければ）まるで空《から》になったお皿をみればかれが喜ぶといわんばかりに、スプーンをそちらへむけてこっそりと小さく振ってみせることにしていました。

　お祖父さんの肖像画の反対の側には、お母さんの肖像画がかかっていました。この絵の奇妙なところは、十分に長いあいだみていると絵のなかから――まるで幽霊かなにかみたいに――ジーン・エルスペットの自身の小さな顔が、動物園の檻のなかからたった一ぴき顔をのぞかせている小さな緑色の絹猿のように、こちらをみているのがわかるということでした。ジーン・エルスペットはたった七つでこのことを発見したのですが、ユーフェミアやタバサはまるでこれに気がつきませんでした。

二人は自分たちがお母さん（ケルソのリークス・マクジリカディ家の出でした）よりお祖父さんのほうにずっとよく似ていることを知っており、それをひどく自慢にしておりました。ジーン・エルスペットについては、二人とも、彼女が家族の誰にもぜんぜん似ていないと考えていました。じっさいユーフェミアなどは一度ならず、ジーン・エルスペットには「ちっともおえらがたらしいところがない」といっていましたし、タバサは「取り換え子だったほうがましくらいのもんだ」といったものでした。そうして中年の婦人になってさえ、二人は彼女を子供とたいしてちがわないかのように扱いつづけました。そのくせじっさいには、ジーン・エルスペットはタバサよりたった五つ若いだけだったのです。

それにしても彼女の顔つきはなんとちがっていたことでしょう！　タバサは長い蒼白いちょっと一角獣じみた顔に、灰緑色の眼をしていて、髪は鼠色でしたけれども、ジーン・エルスペットの顔は黒くて小さく、頬は赤くて鼻の頭がちょんとうえをむいていました。そしてタバサの顔にほとんど変化がないのにくらべると、ジーン・エルスペットの顔は、まるで四月の朝の黒くきらめく小さな池のようでした。時とするとそれは姉さんたちのどちらよりもなん世紀も年をとっているかにみえ、かと思うと時にはまるで年令などないかのようにみえるのでした。

それは彼女がなにをやっているかによって――七時になってバルト一家かマクガスキン一家かお医者のメンジーズ先生を招いての、特別きちんとした晩餐の席についているようなときか、寝室の窓べでのんびりと日なたぼっこをしているだけのときかによって――変るのでした。またときおりジーン・エルスペットは、丘を越えて一マイルも二マイルも散歩にゆくことがありました。そして、そういうときの彼女は、姫釣鐘水仙《ひめつりがねずいせん》や、ヒースのなかに半分隠れた苔むした岩のそばで綿毛のしげみに白い毛をしてとまっているノビタキとくらべても、すこしも年をとっているようにはみえないのでした。

また彼女はどんなに悲しげにしているときでも、けっして冷たくはみえませんでした。そしてその髪を（晩餐会のときに）まんなかでまっすぐに分けて繻子《しゅす》のようにしなやかにくしけずっても、「上流」といわれるようにみえることなど、まったくありえませんでした。それにくわえて彼女はさくらんぼ色の唇ともの珍しげにせわしく動く手とを持っていましたが、その手はともすると舌よりもすばやくしゃべりはじめるので、しっかりと握りあわせていなければならなくなるほどでした。

さて石の家では誰も――たぶん、従姉妹《いとこ》同士で仲働きと下働きの女中をしているサリーおよびナンシー・マクガリーをのぞいては――あんまりおしゃべりをしませんでした。ユーフェミアとタバサなどは食事のとき以外めったに口を開かないので、二人がいかに利口で賢明で有用な知識をいっぱいそなえているかを正確に知るのはとてもむずかしいことでした。二人はまたけっして歌いませんでした。

これはたぶん、もしみんなが舌を動かしつづけるようになると、秩序がまるで保てなくなるからだったのでしょう。せっせと仕事をしながら、同時にせっせとおしゃべりもできるという人はめったにいないものですから、これはまた時間の浪費にもなるわけです。石の家では、なにもかもがアップル・パイのように整然としていて（シーツをパイみたいに折りたたむいたずらはしませんでしたが）誰も時間を浪費したりはしませんでした。

時間はそんなわけでけっして浪費されませんでしたが、じっさいにそれを「ためこむ」段になると、誰もそれができるほど余裕があるわけではないようでした。それをいくらかでも茶色の包装紙にこぎれいにくるんだり、先代のマクナッカリー氏がお金を銀行に預けたようにして預けたり、自家製のジャムのように壺につめたりすることは、誰にもできはしませんでした。それはただすぎてゆくばかりでした。そして石の家ではそれは（ついにある朝ユーフェミアが一通の手紙をうけとるまでは）ごくゆっくりゆっくりとすぎてゆきました。時計の大きい針は小さい針をうらやんででもいるかのようにみえました。まるで影のようにそれらは這《は》ってゆくのでした。「チック」という音と「タック」という音とのあいだには、時とすると地下室のように暗い大きな穴が、あんぐり口をあいておりました。すくなくともジーン・エルスペットにはそんなふうに思えたのです。

外からひと目みただけでも、石の家がどんなにきちんと秩序だっているかはすぐにわかりました。

白くて高い四つの壁は、そのてっぺんに大きな四角いスレートの屋根をがっちりとのせて、特別しっかりした土台のうえに砲兵のようにしゃちほこばってたち、その土台はこれまた一段と堅い岩のうえに据えらえていました。家のうえにあえて影をおとそうとする樹は一本もなく、からもうとする蔦《つた》もありませんでした。ぴかぴかした窓はそのむこうにカーテンのまっすぐなひだをのぞかせて、「ほんの小さなしみでも汚れでもひびでも、みつけられるものならみつけてみなさい！」といわんばかりに、こちらをみおろしていました。それをみれば挑戦してみる勇気もなくなるくらいでした。

家のなかもまったくおなじでした。なにもかもがあるべき場所におかれていました。マクナッカリー氏が麻布でかせいで買った、大きくてがっしりした立派な家具——衣裳箪笥、金庫、本箱、四本柱のベッド、抽き出しつきの箪笥、食器棚、テーブル、ソファー、椅子——はもちろんのこと、南京玉の花瓶《かびん》敷、足台、蠟燭の心切り、靴型、飾りもの、装身具などのありとあらゆる小さなものから、ユーフェミアの絹の着物やタバサの水彩画にいたるまですべてがそうでした。あらゆるものにそのおき場所があり、またすべてがその場所にあったのです。そう、まさにそうしてきちんとおさまっていたのです。

でもジーン・エルスペットの部屋だけはべつでした。彼女にはどうしてもきちんとしておくということができず、お金の計算さえ駄目だったのです。彼女はしょっちゅうものをひっぱりだしては、それをしまうのを忘れたり、まちがった場所にしまったりしていました。それで彼女は自分が悪いと思っていたでしょうか？　ぜんぜんそんなことはありませんでした。なにかを見失って――本とかブローチとかリボンとか靴の片方とか――なん時間もそれを捜しまわっているときなど、彼女は笑いころげながらこんなふうにひとりごとをいっていました。「ええと今度は、そこだ！　あのルーシーが隠したにちがいないわ！」そしてやがてそれは、まるでふざけてそこにもどされたみたいに、化粧台のまんなかとか椅子のしたとかにみつかるのでした。

　ところでこの「ルーシー」というのは誰なのでしょう？　これ以上むずかしい質問はありません。ジーン・エルスペットは、それに答えようと試みたことさえありませんでした。それは彼女が自分にたずねてみようとしたことのない、すくなくとも口にだしてたずねてみたことのない質問のひとつでした。あるいはそれは彼女が、誰かの気持を傷つけるかもしれないようなことを、ひどくきらっていたからかもしれません。まるでルーシーが――いや、気にするのはやめましょう！

　いずれにせよ、ユーフェミアに致命的な手紙がきた朝、オートミールのおかゆごしにかわされた恐ろしい会話に不運な登場をしたのはこのルーシーでした。その手紙はほかの普通の手紙とおなじようにしてやってきました。いつものように堅く口を閉《と》じた執事が、それをユーフェミアのお皿のそばにおきました。その大きな白い封筒をみて、それが毒薬のように命にかかわり、蛇の歯よりも鋭いものだと気がつく人は、誰もいなかったことでしょう。ユーフェミアもいつもとおなじようにして――灰色の前髪のしたの眉をほんのすこし持ちあげながら、長い、細い人差し指で――それを開きました。それから彼女はそれを読み、そして氷のように蒼ざめてしまいました。

それは彼女の弁護士、というより四人の弁護士たちからきたものでした。その四人は共同で事務所を開いており、手紙の終りのところには四人の名前を全部署名してありました。それはタールのようにまっ黒な手紙——雷が落ちたような手紙でした。その手紙の最初のところには、マクナッカリー家の令嬢たちは今後これまでほど裕福にはいかないことを覚悟しなくてはならないと書いてあり、おしまいのところには彼女たちが破産したのだということを書いてあったのでした。

さっきもいったように、ユーフェミアのお祖父さんは八万ポンドの残りを（石の家を建てて、家具や、胡瓜の種や、馬や牛などを買いこんだあと）イギリスの国家のために使うようにとイギリス政府に貸してありました。当時のイギリス政府はそのお金を整理公債基金というものにまわしました。そして毎年、マクナッカリー氏からの借金がいかに役にたっているかを示すものとしてそれに対する利息——百ポンドにつきなんシリングか——が支払われました。それはジーン・エルスペットが計算したのとはちがって、年に四ポンドというわけではなく、政府に払う余裕がある限度内——すくなくみて半ペニー貨で百万枚といったところでした。これより安全な金箱はありませんでした。マクナッカリー氏の収入が時計仕掛けで「はいってきた」としても、これより規則正しいということはありえなかったでしょう。ここまでのところ、イギリス政府は石の家とよく似ていたのです。

ところがマクナッカリーの嬢さんたちのお父さんは、お祖父さんとくらべてあまり堂々としていないというだけでなく、お金に対してもはるかに不注意な人でした。かれはものを買うのや贈物をするのが大好きで、お金を使えば使うほどいっそうよけいに使いたくなる人だったのです。そこでかれはすこしずつイギリス政府からお金をかえしてもらい、いくらかは自分で使い、残りは海外で鉄道をひいたりガス工場を作ったりする人や、金やダイヤモンドを掘る人、タールから香水を作る人などに貸しましたが、これらの人々の話に塗りたくってあるペンキときたら、いっこうにはげず、色も変らず、なにもかもがおなじような話ばかりでした。

こうしたことのためにお金を借りる人たちは、整理公債基金よりもずっとたくさんのお金をかれに払うことができました。しかしガス工場はイギリス国家とおなじようにいつも安全だというわけにはゆきません。ダイヤモンドを掘ろうとかアメリカで水道をひこうとかいう紳士たちを助けるためにお金をだすのはいわゆる投機であって、それはお金がきちんともどってくるとはかならずしもいえないということを意味していました。じっさい、じつにしばしばマクナッカリーの嬢さんたちのお父さんは、自分のお金をとりもどせないはめにおちいりました。

そしてとうとう――かれが死んで長い年月がたった今――最悪のことがおこったのです。四人の弁護士は突然マクナッカリーの令嬢たちに、お祖父さんがためたお金がほとんど一銭もなくなってしまったということを知らせざるをえなくなりました。三人の嬢さんたちの輝く黄金は、六月の朝

のきらめく靄《もや》のように消えてしまったのでした。三人はこのところずっと、すこしずつ裕福でなくなってきているのに慣れていました。でもそれはどうしようもなく貧しくなるのとはぜんぜんちがうことでした。そのちがいは、厚いチーズの切れはしを持った鼠と、パン屑さえない鼠とのちがいに等しかったのです。

ユーフェミアは手紙を開く前に鼻眼鏡《めがね》をかけていました。読み進むにつれ、その頬はみるみるうちに生気を失い、冷たい灰色になってしまいました。最後の文句まで読み終えると、彼女は震える手で鼻から眼鏡をはずし、手紙をタバサにわたしました。タバサはまだ眼鏡なしでも読むことができました。落ちつかない眼を手紙のうえにすばやくいったりきたりさせていたかと思うと、やがて彼女もまたそれをしたへおきました。もっともその顔は蒼ざめるかわりに赤くなり、いささかふくれっ面《つら》といったようすでした。「おしまいだね、ユーフェミア」と彼女はいいました。

ジーン・エルスペットはその朝は肖像画に背を向けて坐っており、そのときはちょうどバターなしのトーストにスコットランドふうのママレード（マクナッカリーの嬢さんたちのコックであるオーフランプ夫人《さん》のお手製）をつけて、ゆっくりむしゃむしゃやっているところでした。彼女は斑《まだら》のセキレイが、白い石のテラスのうえのきれいに刈られた芝生をわたって、たわむれるように蝿を追っているのをながめていたのです。やがてその視線ははるかな美しい山々、気むずかし屋《グランピイ・ワンズ》の青い陵線のほうへとさまよってゆき、彼女の心は白昼夢のようなものへとすべりこんでいってしまいました。

この白昼夢のさいちゅうに、「おしまいだね、ユーフェミア」というタバサの言葉が鳴り響いたのでした。それはまるで喇叭によって吹き鳴らされたかのようにきこえました。

彼女はうろたえてあたりをみまわし、二人の姉、ユーフェミアとタバサが、テーブルの前の椅子に坐ったまま、冷たくこわばって石像のようになっているのに気がつきました。それ自体はそうへんなことでもありませんでしたが、それだけではなく、二人はとてもぐあい悪そうにみえたのです。そのとき彼女は手紙に気づきました。そしてすぐさま、これこそがとつぜん姉さんたちの心臓に喰いついた蛇にちがいないと知りました。彼女の頬にはさっと血がのぼりました。そして——姉さんたちを言葉では表わせないくらい気の毒に思いながら——彼女はこういいました。「なにか悪いことでもあったの、ユーフェミア？」

するとユーフェミアは、もしジーン・エルスペットがドアのそとできいていたなら、とても彼女の声とは気がつかなかったにちがいないような声で、「たずねるのももっともだよね」と答えました。ところがジーン・エルスペットはそのとききゅうに、前の晩にみた不思議な夢のことを思い出し、へまなことにすぐさまそれを話しはじめました。「そうだわ、ねえ、ユーフェミア、わたしゆうべ夢をみたのよ。すっかりまっ暗でこわくてね、そこにルーシーがいて、どこか水のほとりのいびつな石の窓からそとをみてたの。そしてルーシーがいうにはね——」

けれどもそこでタバサが彼女をさえぎりました。「なんだね、エルスペット、わたしにしてもユーフェミアにしても、こんなときにあんたのいうルーシーが夢のなかでしゃべったことなどききたくもないよ。わたしらはけさ、とってもとっても悪い知らせを受け取ったんだけど、それはユーフェミアやわたしにだけじゃなく、あんた自身にも深い関係があるんだからね。くだらない話をしている暇はないよ」この言葉は彼女のスコットランドなまりのおかげで、よけい悲劇的に響きました。

ジーン・エルスペットにはくだらないことをいうつもりなどありませんでした。彼女はただ、ほんのすこしのあいだでも、姉さんたちの心を郵便屋さんが持ってきた恐ろしい知らせから離れさせ、自分の夢がなにを約束してくれているようにみえたかを教えてあげたいと思っただけでした。ところがだめだったのです。それは彼女だけのひとり合点《がてん》にすぎませんでした。彼女が姉さんたちに自分の心の奥底からでてきたようなことをなにかいおうとすると、それはいつでもへまなことになってしまうのでした。まるでむきだしの石の壁にぶつかった雀の鳴き声の木魂《こだま》のように、それは小さく無意味に響きました。姉さんたちはそんなとき長い蒼白い鼻のうえから、灰緑色の眼で冷たく、あるいはみくだすように、あるいはその両方を表情にあらわして、彼女をみつめたものでした。それに、このようなときにルーシーのことなどいいだすのは、もちろんおそろしくばかげたまちがいでした。もっともぐあいの悪くない場合でさえ、姉さんたちはジーン・エルスペットのこうした「子供っぽさ」を軽蔑していましたが、こんな場合となるとそれは嫌《いや》な冗談にしかきこえなかったにちがいありません。

というのも現実にはルーシーなどという人はどこにもおらず、またいるはずもなかったからでした。それはただの名前でした。それでもジーン・エルスペットはなおも、かわいそうなユーフェミアの頬にわずかにでも赤味をとりもどさせ、大理石の像のようになった顔をほんのすこしでももとにもどすために、慰めか希望の言葉をみつけたいと思いました。けれども言葉はまるででてきませんでした。それにさっき姉さんたちがいっていたことも彼女はきき落としてしまっていました。とうとう彼女はもうどうしていいかわからなくなってしまいました。

「あのう、ユーフェミア、きっとそのお手紙のことタバサと二人だけで相談したいのね。それでそれからわたしになにかできることがあるかどうか、いってくれるんでしょ。わたしお庭にでていようかと思うんだけれど」

ユーフェミアは頭をさげました。ジーン・エルスペットはできるだけ音をださずに動こうとしたにもかかわらず、重い椅子をみがいた床のうえでにぎやかにきしらせてから、やっとのことで逃げだすことができました。

それはよく晴れた寒い春の朝で、遠くの樹々はちょうど新しい緑色の芽をふいたばかりでした。この庭師たちはもうすでに植えこみのふちの草木の列をととのえ、夏の用意をはじめていました。この庭ほどきれいに「ととのえられた」庭はどこにもありませんでした。芝生のなかに作られた花壇——

——ダイヤモンド形、菱形、八角形、正方形、長方形などの——の角は、ボール紙を鋏で切り抜いたようにぴしっとしていました。草の葉一枚あるべき場所にないものはありませんでした。

丸い小石が一個砂利道から肩を突きだしているだけでも、大きい重いローラーがやってきて、それをもとの場所にもどしてしまいます。雑草に関していえば、たった一本でも無作法《ぶさほう》な緑色の鼻面《はなづら》を黒い土のうえにのぞかせれば、すぐにどうなるか思い知らされることになるのです。

明るい光が空から家のうえに降りそそいでおり、高い白壁のうえの窓という窓が、テラスのしたの小さな四角い緑色のベンチのほうへとむかうジーン・エルスペットを、とがめるようにみおろしていました。そこまでくれば、すくなくとも人目を離れることができるのでした。

彼女は腰をおろして膝のうえに手を組み、まっすぐ前をみつめました。困っているとき、彼女はいつもそうするのでした。彼女は心を落ちつかせて考えられるようにしようと、むなしい努力をしました。けれどもそれは不可能でした。なぜなら彼女がそこへきていくらもしないうちに、ルーシーがどこかすぐそばにいるような感じがしてきたのです。その感じはあまりに近く、わけありげで、まるでなにごとかを耳のそばでささやこうとしているかのようでした。

ところでさきほどは、ルーシーというのはただの名前だとお話ししました。けれどももっといえば、彼女はそれよりもすこしましな存在でした。なん年もなん年も前に、まだたった七つだったとき、ジーン・エルスペットが「いわば」彼女を創りだしたのです。それは単にほかにいっしょに遊ぶ人がだれもいなかったからでした。タバサは五つも年うえでしたし、すくなくとも五十五倍は分別があって賢くて大人《おとな》でした。そこでジーン・エルスペットはそんなことをやってみたのでした。

そのころ彼女は時とすると暑い日や風の強い日に長いテラスの植木の甕《かめ》に腰をおろし、別の甕をルーシーのにしました。そうして二人で話すか、あるいはむしろ彼女が話してルーシーはそれをみていました。時には二人でなんの飾りもない大きな子供部屋の隅にいっしょに坐りこむこともありました。また時にはジーン・エルスペットは、眠りに落ちるときにルーシーの手を握っているつもりになったりもしました。

そしてそのころ本当に奇妙だったのは、彼女が「つもり」になったりしないでいれば、それだけよくルーシーが現われるということでした。それにいわゆる肉眼というものでは一度も彼女の姿をみたことがないにもかかわらず、ジーン・エルスペットはなにかちがった性質の眼でそれをみていたにちがいなく、その髪や肌の色がどんなに明るい色の亜麻よりもきれいな金色であることや、その衣裳がとても軽ろやかで、言葉ではうまく説明できないけれども、とにかく変った型のものであることなど、彼女はちゃんと知っていました。

もうひとつ奇妙だったのは、なにか非常に変ったことや思いがけないこと、悲しいこと、とても美しいことなどが起こるときになると、ルーシーがいつもまったくひとりでに自分で現われるということでした。時によると、それはそうしたことの起こる直前であったりもしました。だからこそ彼女はユーフェミアに前夜の夢の話をしたのでした。その夢のなかではなにもかも暗く陰気で、水は岩のうえで雪のような泡を散らしながら荒あらしく吠えたて、ジーン・エルスペットは恐ろしさに慄えたほどだったのですが、窓のところに現われたルーシーだけは月の光よりも美しく、星のように慰めに満ちていたのです。

もちろんだいたいにおいて、ジーン・エルスペットがルーシーのことを人にいったりしたのは残念な失敗でした。しかしそれはなん年も昔のことで、そのときは本当にそうするしかなかったのです。というのも、ある朝のこと――彼女の八つの誕生日のことでしたが――彼女が大きな食器棚のそばの隅っこに子供部屋に背をむけて坐って誰かと話しているのを、タバサがうしろから忍び寄ってきてきいてしまったのが悪かったのでした。

「おや！　井戸のなかのちび蛙《がえる》ちゃん。あんた、誰と話してるの？」とタバサはたずねました。

ジーン・エルスペットはすっかり蒼ざめてしまいました。「誰でもないの」と彼女はいいました。

「へえ、誰でもないの？　じゃ、その誰でもない人の名前を教えてよ」とタバサはいいました。

ジーン・エルスペットはいおうとしませんでした。しかし、不幸なことに彼女はその朝、袖が肘のところまでしかないハイ・ウェストの服を着ていたので、タバサはそのむきだしのやせた腕をつついたりつねったりして、ジーン・エルスペットを泣かせることこそできませんでしたが、すくなくともそれをいわせるのには成功しました。

「へえ、ルーシーって名前なの、そう?」とタバサはいいました。「あんたはうす汚い、恐ろしいちびさんだこと。じゃあ、わたしからってその子においい。どこをうろついていたって、わたしがつかまえたら、眼の玉をくりぬいてやるからってね」

タバサはジーン・エルスペットをもうひとつふたつつねり、髪を思いきりひっぱって「ベルを鳴らす」と、お父さんを捜しに階下へ降りてゆきました。

「パパ」と彼女はいいました。「邪魔をしてごめんなさい。でもかわいそうなエルスペットがぐあいが悪くて、熱でもだしてるみたいなの。『うわごと』をいってるんだもの。大黄かひまし油をやったほうがいいんじゃないかしら?」

マクナッカリー氏はその朝、ある金鉱に関しての、ずっとのちになって哀れなユーフェミアが四人の弁護士からうけとることになるのと似たような手紙に悩まされていました。しかし、かれは悩みごとがあってもすぐそれを忘れてしまおうとする人でした。じっさい、嫌《いや》な手紙としか思えないようなものをみても、かれはいつもそっと口笛を吹いてほほえみはじめたものでした。ですから、かれはほとんどほっとしたようなため息とともにその不愉快な手紙を抽き出しにしまって、子供部屋へゆこうと階段をのぼったのでした。

そしてそのあと、ジーン・エルスペットがかれの膝のうえでほんのすこし泣いてからルーシーのことを話すと、かれはただ黒い眼でほほえんだばかりでした。そして親指と人差し指を上着のポケットにつっこんで、このときのために特別に用意していたかのように、なかに苔薔薇《ばら》の絵がはいった小さな金のロケットをひっぱりだすと、今度ルーシーがきたらあげるようにとジーン・エルスペットにわたしました。「ねえ、おまえ」とかれはいいました。「わたしも自分のルーシーを持っているんだよ。でもわたしはけっしてそのことを話したりはしないね。わたしはそれを『だいじな』ときのためにとっておくんだよ」

かれはタバサにむかっては、その朝の食事のときに、妹のことによく気をつけていたといっていちょうに感謝をしました。「だがねえ、おちびさん」とかれはいいました。「おまえさんは必要もないことにやきもきしているんではないかね。やきもきするのには、大黄くらいきくものはないよ。寝る前に一服用意するようにアリスンに頼んでおいたからね。もしおまえさんが気前がいいようなら、たぶんジェニーがスプーンをなめたがると思うよ」

かれがむこうをむくや、タバサはできる限り恐ろしいしかめっ面《つら》をして、ジーン・エルスペットのほうへ長い蒼白い舌を突きだしました。それには、いつも年とったお医者さま――メンジーズ先生――が部屋をでていったあとで突きだされる舌と、似たような意味がこめられていました。

このはるかな日々のことを考えていると、ジーン・エルスペットはいつも白昼夢に足を踏みいれてしまうのでした。そして白昼夢にふけりはじめると、決まってルーシーがほかのどんなときよりも現実味を帯びてみえてきました。彼女の眼の前からは、砂利道《じゃりみち》も緑の芝生も遠い山々も消え失せてしまっていました。彼女はまるで光と幸福の国のなかに迷いこんでしまったかのようでした。しばらくのあいだ彼女はそこでしあわせを味わっていました。けれどもやがて冷たい雨粒がぱらぱらと頬に落ちてきて、彼女をそこから呼びもどしてしまいました。黒い雲があたりをおおっており、彼女の心にははじめてユーフェミアにきた手紙の意味することに対する、暗い恐怖がしのびこんできました。

　彼女はまるで悪いことをしているのをみつかったかのように、小さな緑色のベンチのうえでさっと振りかえりました。その瞬間、誓ってもいいくらいたしかに、子供がひとり二、三歩離れたところにたってこちらをみているのが――こんどはまさしく肉眼で――ありありとみえました。もちろんそれは単なる思いこみでした。けれどもジーン・エルスペットはその子供の顔にいっぷう変ったほほえみのようなものをみて、たいそう驚きました。それはまるで「心配しないで、ね。なにがあっても、誰がなんていっても、あたしこれまでよりもっとそばにいるようにするつもりよ。すぐにわかるわ！」といっているかのようでした。

　そのときジーン・エルスペットは、これまでにもあったことですが、幻の友だちを持っているのがいささか恥ずかしくなってしまいました。みんながこんなに困ったことになっているというのにこれでは、ユーフェミアとタバサにひどく悪いのではないだろうか？　それにだいたいこれは正しいことなのだろうか？　彼女はそう思ってくるりと背をむけると、まっすぐ家に走って帰ろうとしましたが、そのとき、うしろから小さな奇妙な羽ばたきのような音がきこえてきました。彼女は肩ごしに振りかえりましたが、そこにいたのは、彼女と遊ぼうとしてしのびより、空《あ》いたばかりの緑色のベンチにとまってビーズのような黒い眼でこちらをみつめている駒鳥ばかりでした。

　その日の昼食に執事が運んできたのは、小さなスープいれにはいったオートミールのおかゆでした。かれが婦人たちのひとりひとりにそれをお給仕してひきさがると、ユーフェミアは弁護士たちからの手紙のことを、くわしくジーン・エルスペットに説明しました。それはとても長い手紙で、そこにはアメリカで水道を作るのに十分な水をみつけられなかったある紳士のことばかりでなく、マダガスカルでマニオクとゴムの収穫を虫にやられてしまったべつの紳士のことも書かれていました。ジーン・エルスペットにはくわしいことはよくわかりませんでした。なぜ弁護士たちがこうもゴムに興味を持つのかが彼女には十分に理解できなかったのです。それでもユーフェミアが最後をしめくくって「わかっただろうね、エルスペット、わたしらは破産したんだよ！」といったのだけは彼女にも完全にわかりました。

　そしてこんなことが信じられるでしょうか？　ジーン・エルスペットはまたもやまちがったことをいってしまったのです。というかむしろ、まちがっていたのは彼女の声でした。その声には、夜明けに吹き鳴らされる喇叭を思わせるような響きがはるかにききとれたのです。「それじゃユーフェミア、わたしたちの石の家にさよならしなくちゃいけなくなるの？」

「それをいうならね」とタバサは辛辣にいいました。「石の家がわたしらにさよならするのさ」

「どっちにしてもわれわれには力は無いよ」とユーフェミアがつけくわえました。そしてユーフェミアが――色の白い長い顔をし、こまかい藤色の花模様のついたつやつやした灰色の絹の朝着を着て、まっすぐに正面をむいてそこに坐ったまま――この言葉を口にしたその調子が、ジーン・エルスペットの眼にではなく、その心の底のどこかに涙を呼びさましました。それはまるで誰かが彼女の心のなかの井戸から水を汲みだしているかのようでした。

「恥じさらしだよ」とタバサはいいました。「背中をむけて逃げだすなんてね。わたしらはまわりじゅうの話の種になって、笑われることだろうよ」

「破産したから笑うなんて！」とジーン・エルスペットは叫びました。

しかしこんどはタバサは彼女を無視しました。「この家はね」と彼女はいいました。「わたしらの立派なお祖父さまがわたしらのために建ててくれたんだよ。わたしはここで死ぬつもりだよ。あのたちの悪い吸血鬼どもが力ずくでわたしを追いださないかぎりはね」

「タバサ！」とユーフェミアはなだめるようにいいました。「いけないよ。あの連中を正当な名前で呼ぶだけだって、自分を辱《はずか》しめることになるよ」

「あのたちの悪い吸血鬼どもめ」とタバサはいきりたって叫びました。「自分の生まれた家をでてゆくくらいなら、指にはめてるこの指輪を売りとばすほうがましだよ。それにお祖父さまには――

お祖父さまにだけは、けっしてお父さんのまぬけたやりかたのおかげでわたしらにふりかかってきた破産をみせたくないよ」

彼女は席を立って、お客のないときはいつも壁ぎわに真面目《まじめ》くさって並んでいる栗色の緞子《どんす》の椅子のひとつに乗り、一、二回空《むな》しい試みをしたあげくに、やっとお祖父さんの大きな金ぴかの肖像画の顔を壁のほうへむけるのに成功しました。

そのときジーン・エルスペットの眼には本当に涙がうかんできました。しかしそれは哀れみのではなく、むしろ怒りの涙でした。「それじゃ」と彼女はいいました。「あんまりお父さんに悪いわ」「これまでに」とタバサは手きびしくいいました。「自分にも考えることができると思うのをあんたがすっかりあきらめてるんだってことを、考えとくべきだったね。あんたがお父さんに似ているってだけのことで、お父さんを守る権利があるとでもいうの、え？」

ジーン・エルスペットは返事をしませんでした。どっちみちお父さんは釘にぶらさがったまま——もっとも画家が髪の毛とチョッキをうまく描いていなかったので、その肖像画はあまりいいできとはいえませんでしたけれども——彼女のほうにむかってほほえみつづけていました。もしジーン・エルスペットが——この不幸な瞬間にあっても——おかゆのスプーンを手に持っていたとしたら、彼女はまちがいなくかれのほうにむかって、小さく秘密の合図をしたことでしょう。

しかしかれはもうそう長いあいだほほえみかけているわけにはゆきませんでした。マクナッカリーの嬢さんたちのお祖父さんは、顔を壁のほうにむけてぶらさがったままでしたが、ほかの二枚の肖像画は、衣裳箪笥や金庫、本箱、食器棚、南京玉《なんきんだま》の花瓶敷、抽き出しつきの大きな机からインド製の裁縫箱までのありとあらゆる品々といっしょに、売れるだけのお金で売るために二、三週間のうちにすっかり運びだされてしまいました。そしてユーフェミアはいまや、五つではなくたったひとつ、それもトルコ玉の指輪をはめているきりでした。

一か月のうちに執事からサリー・マクガリーにいたるまでのぜんぶの召使いがやめ、庭師もみんないなくなりました。オーフランプ夫人《さん》だけは残りましたが、それはまず第一に彼女が新しいところで気持よく落ちつくにはあまりに太りすぎていたからであり、第二にはあまり給料にこだわっていなかったからでした。それでおしまいでした。オーフランプ夫人《さん》と、母親が村に住んでいて家からかよっている庭師の小僧、トム・パイパーとそれだけでした。しかもこのトム・パイパーは怠けもので、物置小屋でぐっすり眠っていないとすれば、荒れ果てた果樹園でいびきをかいているというぐあいだったのです。

こんなにも空《から》っぽになった家のなかに住み、そこで生きているというのは風変《ふうがわ》りなことでした。あの木魂《こだま》！　そう、もしもひとりで廊下を歩いていたりすると、自分の足音がパタパタいいながらずっとあとをつけてくるのがきこえます。もしもひとりきりで、「ほんにほんにひとりぼっち」で部屋のなかにいて笑ったりすると、まるで布にくるまれた大きなうつろな鐘が鳴っているようにきこえます。いまや石の家ぜんたいが空っぽになったかのようでした。そしてたぶんそのなかでも一番空っぽなのは馬車小屋であったでしょう。

それにあの厩です。偶然に割れ目にはいりこんだカラス麦が、壁の前に敷かれた小石のあいだからこんなにもすばやく緑の芽を吹きだすというのは、まったく驚くべきことでした。じっさいに厩のなかにはいって空《から》の飼葉桶のそばにたてば、一羽の鳥の声が百羽ものように響いてきます。そして黒い眼をした幽霊のような馬たちが、「あなたがわたしたちをこんなにしたんですよ！」とでもいいたげに長細い顔をこちらにめぐらすのさえ、みえるような気がするくらいなのです。

ジーン・エルスペットにこのような経験を味わっている暇がたっぷりあったというわけではありません。空っぽな家のなかで、彼女はさらにいくらか小さくなったかのようでした。しかし彼女は十倍も活発になっていました。そしてそんなようすをみせるほど自分勝手にならないようにはしていましたが、彼女は十倍以上も幸福になっていたのでした。ジーン・エルスペットとてっぺんに鷲がいる門柱とのあいだだけのないしょ話のなかで、彼女はこれまでずっと石の家をきらっていたことをこっそりと打ち明けてさえいました。とても奇妙なことではありますが、この場所がきちんとした人間ならすこしのあいだもとどまっていられないようになるやいなや、彼女はそこと仲良くなりはじめたのです。彼女はこの家をかわいそうに思いはじめていました。

疑いもなくタバサは正しかったのです。あれらの大きな荷車やぞっとするような家具運搬車が、砂利道にがらがらと車輪を響かせて、暮れやらぬたそがれの光のなかをいってしまうのをきいたら、哀れな彼女らのお祖父さんは確実に「お墓のなかでひっくりかえって」しまったことでしょう。しかしけっきょくのところはお祖父さんが生まれたのは——お父さんが笑いながらそういうたびに、タバサはいつもひどい衝撃をうけましたが——生まれたその家というのは、もしそれを窓からいれることさえできれば石の家の大きな食堂にすっぽりとおさまってしまうくらいの、二間《ま》しかないごく小さな家だったのです。

そのころかれのズボンのポケットには半ペニー貨一枚さえありませんでしたし、ユーフェミアやタバサも賛成するように、とても立派な人であるかれは、今も半ペニー貨など必要とはしていません。そんなお祖父さんが——もう家具運搬車はいってしまったとなると——お祖父さんが、とジーン・エルスペットは思ったのですが、この家いっぱいの光をみたり、すばらしい木魂《こだま》をきいたりして、それでもとてもみじめになったりするでしょうか？

良くなったことはほかにもありました。食堂を掃きだすのは楽になりましたし、埃を払うのはもっと楽になりました。空っぽなのは心の落ちつくものでしたし、よどんだような感じもなくなりました。ある日ジーン・エルスペットは羽根ばたきで忙しく金ぴかの額縁をはたいたあと、好奇心からというよりは親切心から、椅子にのぼって肖像画を持ちあげてみました。しかし一方の隅に蜘蛛が巣を張ったほかには、その絵は（いささかがっかりすることには）変っていませんでした。夜中の十二時が（すくなくとも三人の孫娘たちにとっては）とっくに過ぎ去ったというのに、マクナッカリー氏はポケットから時計をとりだしてさえいなかったのです。

ジーン・エルスペットは覚えているかぎり昔から、こうした奇妙な考えを持っていました。しかしいまやそれは、ま夏の蜜蜂が巣箱に群がるように、彼女の心をいっぱいにしていたのです。どんなに気をつけていても彼女はそれらをぜんぶひとりでしまっておくことはできず、このことだけとってもタバサはいっそう彼女をきらうようになりましたが、ユーフェミアは時とすると彼女といっしょにいたがるらしいようすでした。しかしそのころ、ユーフェミアのぐあいはぜんぜん良くなかったのです。彼女の腰は曲がりかけており、時にはなにかいわれてもききとれないことがありました。彼女がそのように眼にみえて年をとってゆくのをみて、ジーン・エルスペットはひどく心配しました。それでも、毎日夜明けごろ、二階にある自分の窓からそとをみおろすとき、彼女はまずなによりも先に、石の家が栄光のまっただなかにあったときより、今のほうが自分はずっと幸福だということを認めないわけにはゆきませんでした。

じっさいのところ、なにかほかのものになってみたりする時間はぜんぜんありませんでした。それにもし、ためこんだ時間のこぎれいな包みで、食器戸棚がひとつぜんぶいっぱいになっていたとしても、彼女はそれを一週間ですっかり使い果たしてしまったことでしょう。ユーフェミアはとても不器用でしたので、ほとんどなにもしませんでした。彼女がしたのはベッドを作る手伝いと、つくろいものの手伝いだけでした。さいわいなことに、この先なん年もなん年もにわたって新しい服を作る必要などありませんでしたので、つくろいものだけでことはすみました。かれらは古い服をそれほどたくさん持っていたのです。タバサは彼女の手におえる範囲の軽い仕事をしましたが、その舌がすばやくまわるわりには、その手は遅く、不器用でした。もちろんそんな不親切なことをいう人は誰もおりませんでしたけれども、もし彼女が人に雇われなければならないとしたら、サリー・マクガリーほどの安い給料さえもらえないのはまったく確かなことでした。

料理はオーフランプ夫人《さん》がやりました。もっとも彼女は台所の椅子のひとつになん時間もずっと坐ってばかりいたので、まるで家具のひとつ――家じゅうで一番重い家具――のようになってしまっていました。というのも水っぽいおかゆとじゃがいもの料理にはたいして時間がかからないからで、ジーン・エルスペットの三羽のコーチン種の鶏が生む卵をべつにすると、マクナッカリーの嬢さんたちはほとんどそればかり食べていなければならなかったのです。しかもその卵のほとんどは、大きな身体を養わねばならないオーフランプ夫人《さん》のために必要でした。果樹園の林檎《りんご》と梨《なし》に関してはオーフランプ夫人《さん》はそれで練り粉菓子を作るためにかがみこむには太りすぎていたので、みごとな二つの列になった小さな鋭い歯を持っているジーン・エルスペットが、トム・パイパーとわけあってなまのまま片付けることにしていました――かれのほうはありとあらゆる腹痛をおこしてしまいましたけれども。

残った仕事はみんなジーン・エルスペットにかかってきました。彼女は朝から晩まであくせく働きました。働くことをより楽しくするために、彼女は口笛を吹くことをおぼえました。彼女は自分がどうしてそんなに幸福なのかということを、一度も考えてみようとはしませんでした。しかしそれが主として束縛され、抑えつけられ、みじめだった過去との大ちがいのせいだということには、疑問の余地がありませんでした。

さらに石の家においては以前にはなかったようなことがいくつかおこっており、それもそのことの理由になっていました。そのひとつに、ジーン・エルスペットがいつも「お客」をとても恐がっていたということがあります。彼女は正装をするときまり悪く感じてしまうのでした。ごくなんでもない来客にも彼女ははにかんでしまいました。臆病な鵝鳥《がちょう》をおどかすくらいが彼女にできるせいぜいのところだったのです。それが今では、やってくる人といえば、親切で、ユーフェミアの脈と舌のぐあいをみに時々きてくれるメンジーズ先生だけになっていました。

またジーン・エルスペットは召使いというものを好きになったことがありませんでしたが、それはかれらが召使いだからではなく、ユーフェミアとタバサがかれらのことをあまりおしゃべりなどすべきではないと考えているらしかったからでした。かれらは命令を与えられるだけだったのです。ジーン・エルスペットはおよそ世のなかのどんなものでも与えられれば気安くうけとりましたが、命令だけはべつでした。そしてもしかつての石の家に興味の持てる人物がいたとしたら、それは、ある方面ではとてもまがぬけていたとはいえ、サリー・マクガリーくらいのものだったのです。

それにまた、ジーン・エルスペットは本来どうしようもなくだらしない性質だったのですが、今ではそれがわかる心配はまるでありませんでした。テーブルがひとつと椅子が三つしかない部屋のなかでだらしなくしているなどということは、まるで不可能以外のなにものでもないからです！

それからもうひとつ、ジーン・エルスペットには、アメリカとマダガスカルの紳士たちが水道とゴムとで失敗をする以前には、ほとんどなにもすることがありませんでした。本を読むことも彼女にはほとんど許されていませんでした。なぜならタバサは船用のビスケット同様に無味乾燥なもの以外は、読書というものはまったくむだだと考えていたからです。またどういうものか、ためになる本のたぐいは、ジーン・エルスペットにはすこしも役にたちませんでした。ところが今ではすることは実にたくさんあり、それをぜんぶ（パズルを組みたてるように）うまく片付けるのはこのうえなく楽しいことでした。そしてこのうえない楽しみのなかでも最高なのは、以前はサリー・マクガリーのものだった召使い用のベッドにはいあがって、獣脂蠟燭を、たらした蠟で左側の取手にくっつけ、その光で読んで読んで読みつづけることだったのです。

彼女はこうして鼠《ねずみ》と蛾《が》と蝙蝠《こうもり》と木菟《みみずく》ばかりを仲間に、なん時間もすごしました！　冬、上半身が寒いときには、掛け蒲団《ぶとん》の上にスカートを重ねました。じっさい、寒い晩など、北をむいて気むずかし屋《グランピイ・ワンズ》がほとんどまっ正面にみえるところに寝ていると、薄い毛布一枚ではあまりぐあいがいいとはいえませんでした。足のほうのためには、やかんですこしお湯をわかして葡萄酒の瓶に詰めることにしていました。

もちろんこのために瓶はたくさん割れてしまいました。そしておかしなことにタバサは（その足は氷の板のようでしたのに）瓶がひとつしかないというときになるまで、こんな野蛮なことは考えてみようともしませんでした。そのときになって彼女は考えを変えました。そうしてみると、薬瓶ではどれも小さすぎたのでした。

こうしたすべてのこととはべつに、石の家にはいまや奇妙なことがおこっていました。それらは小さなことでしたが、うっとりさせられるようなことでもありました。たとえば家具運送屋の人たちが、マクナッカリー氏の一番いい、古い衣裳箪笥を運びおろしたとき、階段のしたのほうの窓がひとつこわされました。春になったころ、ひとつがいの駒鳥がこの穴に気づき、蛇腹《じゃばら》のかげに巣を作ることに決めました。ジーン・エルスペットは（その小さな口笛によって）その家族ぜんたいから腹心の友としてうけいれられました。

また台所から遠すぎてオーフランプ夫人《さん》には使えないところに、物置き戸棚がひとつありました。その戸は開いたままになっていました。ある晴れた午後、ジーン・エルスペットがそのなかをのぞいてみると、そこにはセンニンソウのみごとなしげみがさがっていて、葉はすこし蒼白かったとはいえ、ちゃんとそこで花を咲かせていたのです。おまけに蝶までがやってきてその蜜を吸っておりました。それからというもの、彼女がこの優美な緑色の訪問客のところへ顔をだしてその手に接吻をしない日は一日だってありませんでした。ジーン・エルスペットにとっては、また、子供のころからずっと彼女の敵であったような家のなかのたくさんの物に永久に別れを告げたのが、とてもほっとすることだったのです。

彼女はそれまでみたこともなかった部屋べやをさまよい、窓からそれまでにその眼にとらえられたことのなかった景色をながめました。白昼夢をみることをもやめてはいませんでしたが、今では時計がチクタクというあいだに雨燕《あまつばめ》のようにさっときていってしまうような小さい夢にしか、ふけることはありませんでした。それにもちろんタバサはジーン・エルスペットが喜ぶようなことのほとんどに強く反対してはいましたが、彼女にむかってそういうだけの暇はほとんどなくなっていました。

それにこの大きな廃屋にあっては、ジーン・エルスペットは十人の優秀な小間使いよりももっと役にたちました。彼女は未婚の婦人というよりも蒸気機関のほうにずっとよく似ていました。そして蒸気機関と同様、彼女は腹をたてようともせず、ふくれっ面《つら》もせず、だいたいにおいては口答えもしようとしませんでした。それでも今彼女がじっさいに口答えをしたとしたら、その舌にはすくなくとも働き蜂とおなじくらい（そんなに毒はないにしても）の針があったことでしょう。

そして最後に、といっても一番小さなことというわけではないのですが、家のそとのことがあり

ます。マクフィズさんが下働きの庭師たちともども大鋏やナイフ、ローラー、芝刈り機を持ってたち去るやいなや、庭には荒廃がしのびよりはじめました。風と鳥が荒野から種を運んできて、たったふた夏で、こぎれいに刈られていた芝生は雛菊やキンポウゲ、タンポポ、シモツケソウ、セリ、それにスカンポ、アザミ、ノボロギク、ハネガヤなどの茂りあう、みごとな野原になってしまいました。テラスには蔦《つた》やホップ、ブリオニヤ、フサヒルガオが這いのぼってきました。石のあいだには小さな花が群れをなして咲き乱れました。苔もまた、エメラルドよりも、または開いたばかりのブナの葉よりも鮮かな、緑色の敷物やクッションをひろげました。白い壁はいまや雨のしみにやわらかに彩られ、まるで夜のうちにきた客人がそこに絵を描きはじめたとでもいったふうでした。そして薔薇《ばら》は隠れてしまった花壇から、その姉妹である野茨《のいばら》とおなじように再び花開こうとして、できるかぎりの勢いで伸びてきていました。

伸びていたのは緑色のものだけではありませんでした。ジーン・エルスペットはよく爪先立ちをして、小さな兎たちの大家族がそろって窓のすぐしたの敷石のうえで、朝食か夕食のタンポポの葉を齧っているのをみたものでした。栗鼠たちは木の実を拾いました。モグラは穴を掘りました。ハリネズミたちはカブトムシを捕りにやってきました。いろんな大きさの小さな鼠たちははねまわり、ちゅうちゅう鳴き、踊って遊びまわりました。

そして鳥――数えきれない鳥たち！　その種類も色も歌声もあまりにさまざまでしたので、その名前をお父さんが十一歳のクリスマスにくれた大きな鳥類図鑑で調べるためには、夜中まで起きていなければならないほどでした。その本は彼女が家具運送屋たちから守った唯一の宝物でした。彼女はそれを二枚のスコットランド人新聞に包んで煙突に隠したのでした。彼女は時々そのことをすこしばかりやましく感じましたが、それでも四人の弁護士たちにはけっしてそのことを知らせるまいと決心していました。

こんなにも幸福であるというのは奇妙な、とても奇妙なことでした。ジーン・エルスペットは時とするとそうした自分を押えておくことがほとんどできなくなり、姉さんたちのいる前ではとても恥ずかしく感じていました。それでも彼女はルーシーにはいわば一線を劃していました。

それはあらゆることのなかで、一番ふしぎで奇妙なことでした。あの四人の弁護士の手紙がもたらした恐ろしいショックと、それにつづいた苦しみ、心配、恐れ、そして家具運送屋や小売商人たちのことがあって以来、哀れなタバサとユーフェミアは――どんなに勇敢な顔をし、背中をまっすぐにのばしていても――霜に枯らされた秋の花のようにしおれてしまっていました。自尊心の命ずるままに、二人はまた、災難にあっても忠実であった友人たちとさえ付き合いをやめてしまいました。

二人はまるで籠の鳥にでもなったように、これまで以上にとじこもるようになりました。窓からそとをみることさえ、めったにありませんでした。おもてへでるのは日曜日だけでした。ユーフェミアはまた、時々床《とこ》につくしかなくなってきました。そしてジーン・エルスペットは、タバサが、あまり塵を払うものもないというのに、大きなはたきを持って裾を曳きずりながら家のなかをいったりきたりするのをみると、「ああ、なんてことかしら！　まったく、なんてことかしら！」と心のなかで叫んだものでした。彼女が水っぽいおかゆを、ぜんぜん空腹でないふりをして、キリスト教国じゅうでもっとも凝った御馳走だといわんばかりにすすっているのをみると、ナイフで胸を刺されるような思いがしました。

それでもタバサはそれほどに「気が強く」て剛毅だったので、ジーン・エルスペットには彼女をなぐさめたり、げんきづけたり、一インチの四分の一ほどであれ彼女のほうにいいいいスプーンを振ってみせたりする勇気はありませんでした。

こうした状況のもとでたとえ心の底でひそかにではあってもルーシーと付き合うということは、ジーン・エルスペットにはまったく不正なことのように思えました。それはいわば抜けがけのようなものでした。人を欺くことでした。すくなくとも姉さんたちは心を傷つけられるにちがいありません。二人は自分たちがどんなに寂しくなっているかを、これまで以上にはっきりと思い知らされてしまうでしょう。彼女の眼の光をみただけで、二人は古い遊び友だちが彼女をみすてなかったことに気がつくはずです。そんなことはだめです。彼女には待つことができました。時間はいくらでもありました。自分の望みを彼女はおさえておきました。その心のなかの小さな秘密の戸は、以前のように大きくではなくほんのすこし開かれたままでおいておかれたのでした。

どのようなぐあいにしてかということは、彼女には厳密にいうことができませんでした。しかし、そうしたすべてのこととは関係なく、ルーシーはまるで本当に生きた幽霊でもあるかのように、ありとあらゆる場所にいるらしく思えました。もしもジーン・エルスペットがあくせくと働きながらひょいと窓のそとをみたとしたら、たぶん美しく優しい顔がひっそりとほほえみながらのぞきこんでいたことでしょう。もしも、とある月夜の晩に、宝石のように甘美で冷たいしばしの時間を寝室の窓敷居《しきい》にもたれてすごしたら、たぶん蒼白い幻が丈高い草のささやく芝生の上を、影を落とさずにさまよっているのがみえたことでしょう。

亡霊とか幽霊とかいうものは、もちろんお仲間としてはなによりも嫌《いや》なものです。しかしルーシーは優雅と陽気さ以外のなにものでもありませんでした。彼女をほんのちらりとでもみると、まるで野鳥の歌うのをきいているような気がしました――闇をいっそう暗く思わせるあの長いほとばしるような嘆きの声こそありませんでしたが、それはあの南国の小夜鳴鳥《ナイチンゲール》をさえ思わせました。どんなにそれに注意をむけまいとしても、やはりこの幽霊を仲間にしてしまっている以上、ジーン・エルスペットが公正にふるまうためにしなければならなかったのは――そして彼女は全力をつくしてそうしたのですが――ルーシーが眼の前にはっきりみえていても、そっちをむいたりせず、また彼女がみえているということをみせないようにすることだけでした。そしてやっとのことでその策略が成功してルーシーが去っていったことに気がついたとき、彼女はびっくりしてしまったのでした。

こうして年月がすぎてゆきました。姉妹たちはどんどん年をとり、石の家もどんどん古びてゆきました。壁も塀も厩も、馬車小屋も鶏小屋も四角い門番小屋も、みんな着実にこわれて荒れはててきました。タバサはますます孤独を守るようになり、姉妹たちは食事時にもほとんど話をしませんでした。

そのうち、とうとうユーフェミアが本当に病気になってしまいました。そしてジーン・エルスペットの生活と物思いのなかからは、しばらくのあいだほかのことがすっかり姿を消してしまいました。彼女には窓によりかかったり寝床のなかで本を読んだりする暇さえありませんでした。ユーフェミアの寝室が三つの階段をのぼらねばならないところにあるというのは、もちろん不運なことでした。ジーン・エルスペットの脚はこの長い階段に疲れ切ってしまいましたが、タバサには窓ぎわに坐って編物をする——着古したショールと靴下の毛糸で新しいのを編む——以外、ほとんどなにもできませんでした。彼女はそうやって、かつてはお祖父さんのものであって今では彼女のやせた鼻に乗っている角縁の眼鏡ごしにちらりと眼をあげることさえせず、なん時間も坐ったままでいるのでした。メンジーズ先生も今では老人になってしまっていて、たまにしか姉妹たちを訪れることができませんでした。

ジーン・エルスペットには寝床にはいる暇さえめったにありませんでした。彼女はユーフェミアの部屋の椅子に坐って、飢えた犬が肉屋の皿から肉の切れはしをちょろまかすように、わずかな眠りをむさぼるのでした。そんなある晩のこと、椅子のうえでうとうとしているうちに長い狭い夢魔の穴に落ち、その恐ろしい寒さと暗黒のなかで光も音もないままになん世紀もの時をすごしていたとき、とつぜんユーフェミアの声がして彼女は目をさましました。

それはいつものユーフェミアの声ではなく、つぎつぎと追いかけるようにつづく言葉の速さもいつもとちがっていて、まるで門を走り抜ける羊や小羊の群れのようでした。窓のそとには夜明けがしのびよっていました。ユーフェミアは東の空の冷たい最初の光のなかで寝床のうえに坐っていました——それはここなん週間というものできなかったことでした。そして彼女はジーン・エルスペットに、ベッドの足もとのところにたっている子供は誰なのかとたずねていたのでした。

ユーフェミアはその子供のことを、こんなふうにもいいました——「髪のまっすぐなきれいな子だよ。ハリエニシダの束を持ってて、棘もみえるし、花はよく開いてるよ、アーモンドの匂いがする。はじめはずっとわたしのほうをみて笑ってたけど、こんどはおまえのほうをむいているよ。みえないのかい、エルスペット？　その子にいなくなるようにいっておくれ。わたしはそんなふうにしあわせにはなりたくないんだといっておくれ。わたしはその子がこわいよ。どうかすぐにいってしまうようにいっておくれよ」

ジーン・エルスペットは殻のなかの蝸牛《かたつむり》のように、震えながら坐ったままでした。恐ろしいのはその訪問者がルーシーにちがいないと思うのに、彼女をみることができないということでした――鉄製のベッドとベッドの柱とそこに坐ってみつめているユーフェミアのほかには、気配さえわからなかったのです。それなのにどうやってルーシーにいってしまうようにいうことができるでしょう?

彼女はいそいで部屋を横切ってゆき、ユーフェミアの冷たい手をとりました。「夢をみてるだけよ、ユーフェミア。わたしにはなにもみえないもの。それに気持のいい夢だったら、どうして追い払ったりするの?」

「いいや」とユーフェミアは、さっきとおなじように奇妙な低いはっきりした声でいいました。「夢じゃないよ。おまえは嘘をいってるんだよ、エルスペット。あの子はわたしをあざ笑いたくてきただけなんだ。追い払っておくれ!」

ジーン・エルスペットは姉さんの大きく開いた薄色の眼をみつめましたが、それはいまやこの地上で最も深い井戸よりもなお深いようにみえ、彼女はそれに答えずにはいられなくなりました。

「どうかお願いだから、ユーフェミア、そんなこともう考えないで。こわいことなんかないの――ぜんぜんありはしないのよ。なんだかそれルーシーのことみたいだけど――あの昔のばかげたお話よ、覚えてる? でもわたしはこのところずうっと彼女をみてはいなかったわ。姉さんが病気なのにみるなんてできなかったもの」

大きく開かれた眼のうえに瞼《まぶた》がそっと閉じました。しかしユーフェミアはなおも、ジーン・エルスペットの仕事に荒れた手をしっかりつかんで放しませんでした。「それじゃあ、気にしなくていいよ」と彼女はささやきました。「それだけのことならね。わたしはおまえからその子をとりあげるつもりなどなかったんだよ、エルスペット。そばにいておくれ。わかってるのは、今じゃおまえもわたしも前よりしあわせだということさ」

「おお、ユーフェミア、じゃあそういうことなのね？」とジーン・エルスペットはさらに身を寄せながらいいました。

「そうだね」とユーフェミアは答えました。いまやそれは二つの声、以前のユーフェミアの声とこの低い落ちついた夢のような声とが同時にしゃべっているようにきこえました。「そういうことさ。今じゃ空気もいっぱいある——ちがったところだからね。わたしはおまえの友だちがきたいだけくればいいと思うよ。われわれみんなに十分なだけ場所はあるんだからね」

この「場所」という言葉とそれに伴った冷たい微笑には以前のユーフェミアがまたもどってきたかのようでしたが、一瞬ののちには彼女はもう枕のうえに頭を落としてぐっすり眠りこんだらしいようすでした。

彼女がこうしてまた静かになったのをみて、ジーン・エルスペットはごくごく注意深く頭をめぐらせました。太陽の最初の光が窓にあたっていました。彼女の鼻孔にはアーモンドの匂いなどかす

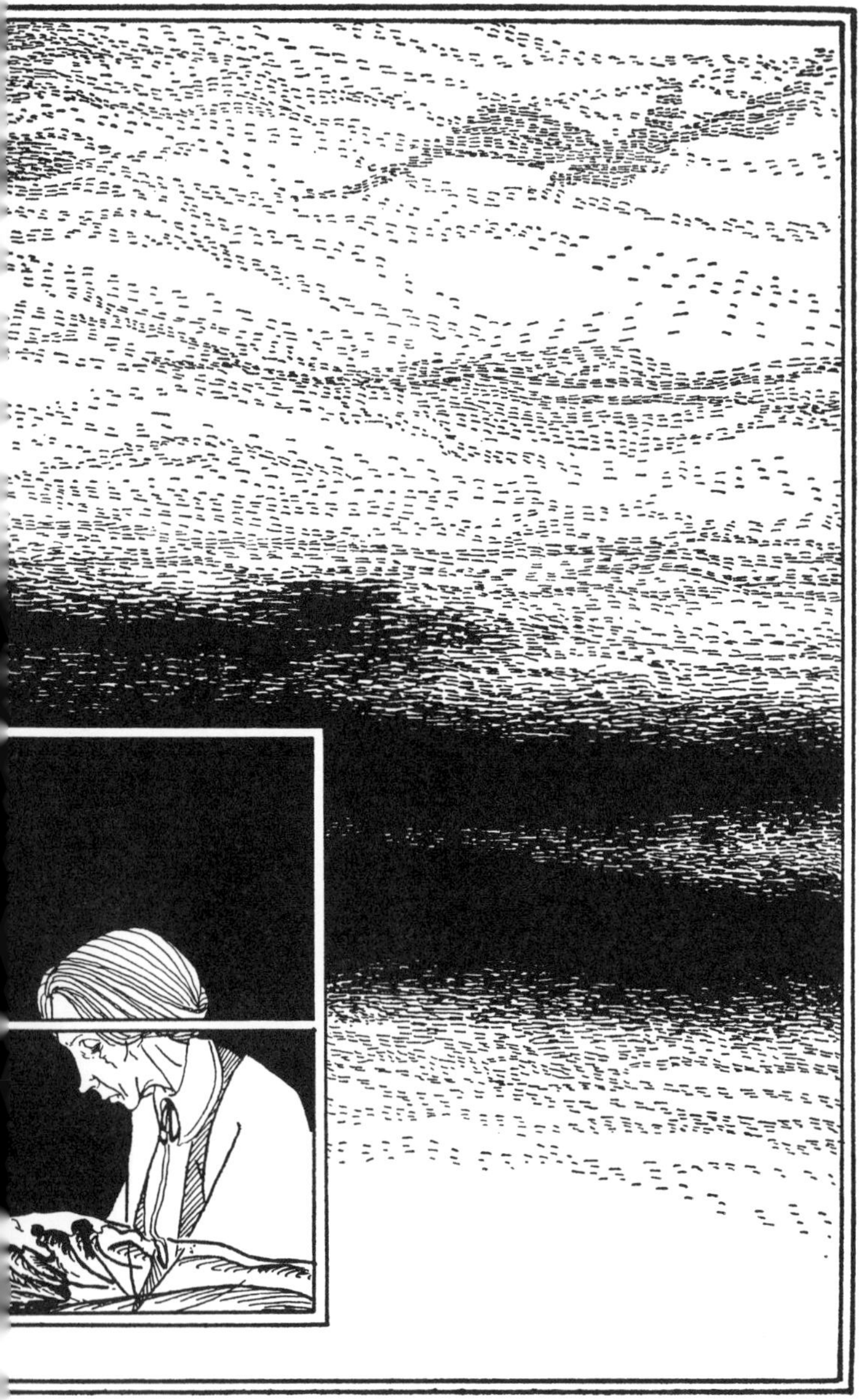

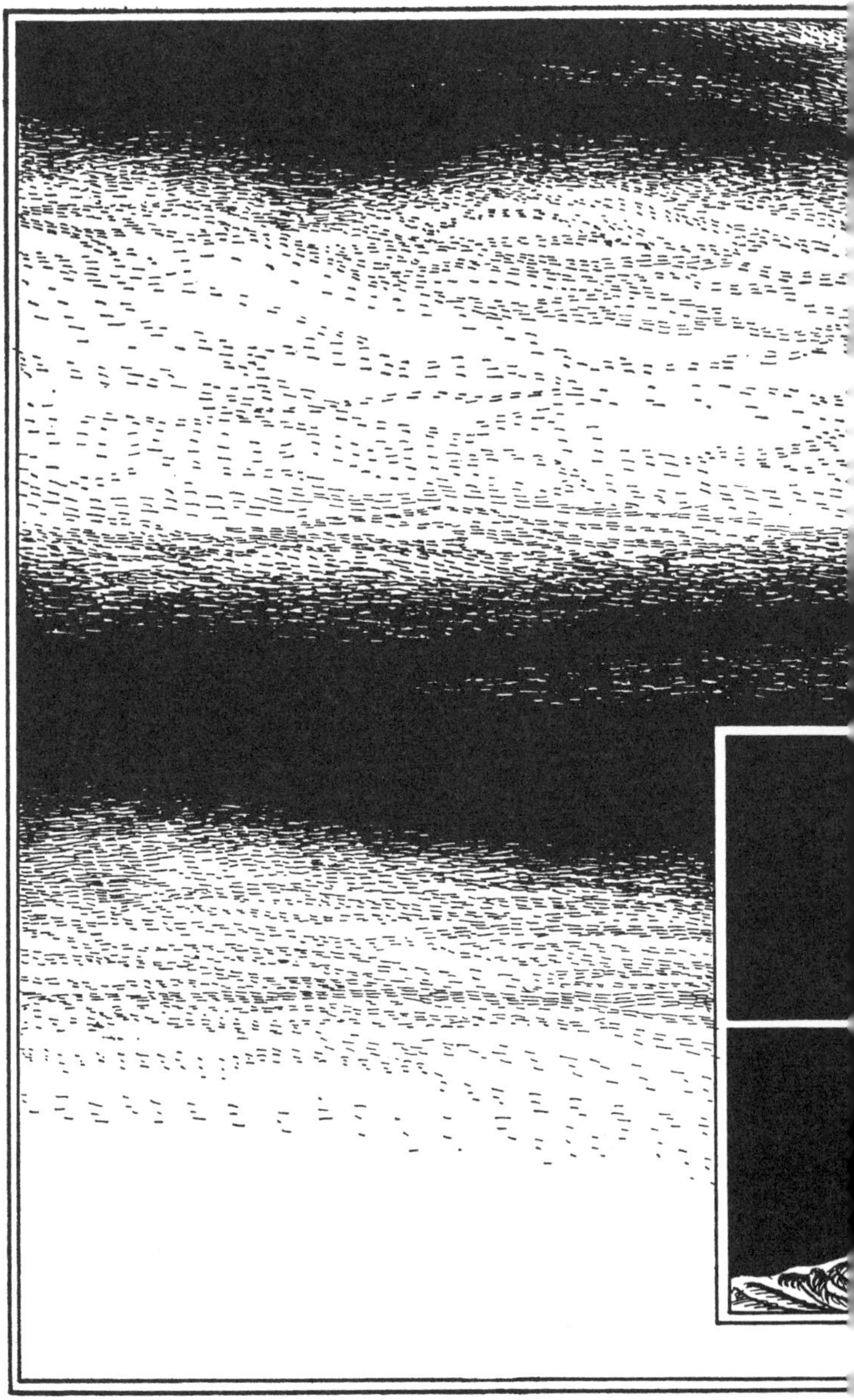

かにさえ漂《ただよ》ってはきませんでした。誰かがいる気配らしいものもまるでありませんでした。彼女の額にはゆがんだ皺《しわ》が刻まれました。すっかり冷えきって身体じゅうが痛んでいましたが、それでも彼女は微笑しようと努め、スプーンを持って壁のお父さんの肖像のほうへ独特の子供っぽい秘密のやりかたで振ってみせたときのように、ほとんどわからないほどかすかに指を持ちあげました。

それからというものジーン・エルスペットは、ときおりユーフェミアの顔に、そのときとおなじうつろな遠くをみつめるようなまなざしと、同様に厳しくて冷たい、そのくせしあわせそうなほほえみがしのびよるのをみました——それは波のしたにひそむ深い静かな水に似ていました。そのようすをみるとまるでユーフェミアがルーシーを横取りしたことをおもしろがっているようにさえみえました。

「わかるだろ、おまえさん」と彼女はある朝、長い話をしたあとででもあるかのように、とつぜんジーン・エルスペットにむかっていいました。「それはわたしらがみんなおなじところへ帰ってゆくんだってことをはっきりさせるだけなのさ」

「ユーフェミア、そんなことといわないで」とジーン・エルスペットはささやきました。

「どうしてだめなんだい?」とユーフェミアはいいました。「そういうことなのさ。あの子はわたしのほうをむいてふきだしかねないよ。おてんば娘だね」…………

古い友人たちの誰ひとりとしてユーフェミアが死んだということを知りませんでしたので、石の家へお葬式にやってきたのはメンジーズ先生とその妹さんだけでした。そしてジーン・エルスペットが今ではもう家の仕事をぜんぶして、おまけにタバサとその編物のめんどうをみるということに十分満足していたにもかかわらず、二人はとうとう彼女にそんなことは不可能だということをなっとくさせました。そこである燃えるように暑い朝、トム・パイパーにちょっとしたお餞別《せんべつ》をわたし、オーフランプ夫人《さん》の広い肩のうえでしばらく泣いてから、ジーン・エルスペットはタバサといっしょに馬車に乗り、その夜にはもう石の家からなん百マイルも離れて、今ではある漁師と結婚してジョン・ジョーンズ夫人になっているサリー・マクガリーが二人の淑女のために用意した二階の二間《ま》にたどり着いたのでした。

ジーン・エルスペットには、こんなにもちがった生活は想像さえできなかったにちがいありません。彼女はまるであっさりと根をひき抜かれたかのようでした。タバサの世話をしないでいいようなときはいつも――それは今ではまれなことでしたが――彼女は自分の窓べに坐って、四角い石の船着場や海や、狭い浜べのガラス張りの小屋をながめました。しかしいまや時間は眼の前に空虚にひろがり、「なにかのふり」をしたいと思えばいつでも勝手にできるし、白昼夢にふけりたければそれがうかんでくるままにつぎつぎと楽しむこともできるというのに、人生というのは奇妙なもので、彼女にはもう心のなかにさえルーシーの姿を描きだすことがほとんどできず、肉眼ではまったくみられなくなってしまっていました。

彼女が言葉にはいいあらわせないくらい石の家をなつかしんでやせ衰えるほどだったというのも、これまたこの奇妙な世のなかにありそうなことでした。彼女は時々ホームシックで死ぬ——窒息する——にちがいないという気がして、ゆれ動く灰色の海を、それだけが彼女を故郷からひき離している敵なのだといわんばかりににらみつけるのでした。それればかりでなく彼女は、四人の弁護士がゴムの一件からなんとか救うようにはからってくれたわずかのお金のうちから、倹約できるものは半ペニーでも倹約して錫《すず》の貯金箱にためました。それはすべて、あるはるかな目的のためなのでした。

それからなん年もなん年ものち、とうとう彼女はジョーンズ夫人にむかって、もうこれ以上辛抱できないのでちょっといってこなければならないし——おとぎ話の猫のように——ゆくのはひとりきりでなければならないといいました。…………

ジーン・エルスペットがふたたび石の家のみえるところにやてきて、なつかしい荒れ果てた壁からほんのすこしのところにある、庭のくぼみにできたじめじめした池のほとりにたったのは、ある秋の午後五時ごろのことで、みすてられた庭の草のうえには長い影が這い伸びておりました。彼女のお父さんは水が好きで、近くを流れる小川を利用して噴水と養魚池を作ってありました。その噴水はもうずっと前から流れるのをやめ、池は水草にふさがれ、ゆき場所のない流れがくぼみにあふれだしてそこに最後の薄暗い休み場所を作っていたのでした。それはまるでサリー・ジョーンズの海べの家におけるジーン・エルスペットの生活をまねようとしているものとさえ、考えることができそうでした。一方この大きな家の窓は今ではもう荒あらしくみつめたりはしておらず、うつろでぼんやりしていて、まるで夢中遊行をしている人の眼のようでした。たくさんの煙突のひとつはくずれてしまっており、広い壁のうえ一面に蔦《つた》が伸びひろがっていました。

今では小柄な老婦人になってしまったジーン・エルスペットは、汚れた黒いボンネットとユーフェミアのものだった玉飾りのついたマントをまとい、そこにたちつくしたまま、乾いた海綿が塩水を飲むようにこの大きな静かな光景を飲みつくしました。

それからしばらくためらったのち、彼女はもっと近づいてみることに決めました。庭のもつれあった茂みを押しわけ、テラスを横切り、やがて彼女は食堂のすすけた窓のひとつからなかをのぞきこみました。偶然、鎧戸《よろい》が半分だけ締め忘れられていました。眼がなかの薄闇に慣れてきたとき、彼女は向い側の壁が空《から》っぽになっているのを発見しました。お祖父《じい》さんの肖像画をかけたひもはしだいにほどけてしまったにちがいありません。絵は顔のほうを上にして下の床《ゆか》のうえに落ちてしまっていました。

それをみて彼女は悲しくなりました。彼女が絵をそこにかけたままにしておいたのは、ユーフェミアがそうしてほしいと思うにちがいないと考えたからにすぎませんでした。彼女はせめてお祖父さんを壁にたてかけるくらいのことはしたいと思って、家のなかにはいる方法をさんざん捜しましたが、どうにもなりませんでした。戸の閂《かんぬき》は錆びつき、低い窓はみんなしっかりと締まっていました。彼女が再び冷たいよどんだ水たまりのそばにもどったのは、もうそろそろたそがれというころでした。

こうしているあいだずっと、彼女はまったくひとりきりでした。この大きな家がこうしてすっかりみすてられて朽ち果てようとしているのをみるのは、恐ろしくて悲しいことでした。それでも彼女は不幸ではありませんでした。それはこの家が樹々や一面の緑に囲まれた孤独のなかで、嘆いてなどおらず、安らかなようすであったからでした。そして彼女もまたそのとおりだったのです。彼女の全人生は、彼女の身体だけをこのずっしりした栃《とち》の木の枝々の下の夕暮れの光のなかに残して、夢のように消えて飛び去ってしまったかに思われました。

そしてそのとき深い静けさのなかで、偶然に眼を足もとの水のおもてへとさまよわせていた彼女は、とつぜんすっかりわけがわからなくなってそこに眼を据えてしまいました。なぜなら人を欺く薄闇の奇妙な悪戯《いたずら》によるものか、そこに、ひしゃげた古い縮緬《ちりめん》のボンネットと肩にかけたユーフェミアのお古の玉飾りのマントのあいだからこちらをみかえしていたのは、小柄な老婦人の顔ではぜんぜんなくて、ほほえんでいる美しい顔、永遠に若くてしあわせで祝福された顔――ルーシーの顔だったからでした。次第に深くなってゆく夕闇のなかで、彼女はいつまでもそれをみつめつづけました。理解を越えた安らぎが、彼女の心をなぐさめました。それはジーン・エルスペットのこの地上における八十年の長い奇妙な人生のうちでも、とりわけ奇妙なできごとだったのでした。

アリスの教母さま

汽車の車室に坐ったアリスは、小さな四角いガラス窓をじっとのぞきこんでいましたが、実のところ列車がごうごうと走り抜けてゆく緑色のうねうねした田舎《いなか》の景色をみていたわけではありませんでした。近くにあるものはどれもみんな――生気をとりもどした生垣《いけがき》、草を食べている牛たち、駈けてゆく仔牛、森、農場、そして石のごろごろした泡だつ流れ――ちらっと眼を走らせるひまもないほどの速さで通りすぎてゆきます。遠くにあるものはみんな――丘、樹、それに尖塔――こっそりと先のほうへまわっていって、蒸気を吹いている機関車を待ち伏せしてこの旅の終りがくるのを邪魔しようとしているかのようです。

「ほんとにそうだといいのに！」とアリスは心のなかでため息をつきました。「どんなに――どんなにうれしいかしれやしないのに！」彼女の青い眼はこの空想のために大きくみ開かれました。しかし不安の影はふたたび彼女の金色の眉をひそめさせました。でも彼女はなにもいいませんでした。

彼女は隅のほうに坐って、そっとお母さんの手を握ったまま、あと数時間したらおこるはずのことについて当惑しながら考えこんでいました。

アリスとお母さんは自分たちが「二人の静かな人たち」にすぎないことを誇りにしており、おたがいにいっしょにいればしあわせで、めったに外出したり人を訪ねたりはしませんでした。これからフレッシングという小さな田舎駅に着いたらアリスは特別な訪問をすることになっていましたが、それにはひとりでゆくことに決まっていました。彼女をびっくりさせたのはそのことでした。あの奇妙ななぐり書きをしたような招待状は、彼女だけにあてられていたのでした。ですから今はお母さんもそばにいるものの、まもなく二人は別れることになっていました。アリスは時々自分を安心させるために、つかんでいるお母さんの手をそっと握りしめました。彼女が恐れていたのは――ほんの二、三時間ですむはずではありましたが――この別れだったのです。

それでも二人の計画はなん度もなん度も相談してとり決められたものでした。アリスはもちろん駅から貸馬車を――どんなに高くても――やとってゆかねばなりません。御者《ぎょしゃ》にいつもう一度きてもらわなければならないかをいってから彼女はそれに乗りこみ、お母さんは夕方早く彼女が訪問から戻るまで村の宿屋の部屋で待つのです。そうすればなにもかもがぶじにすむことでしょう。そしてこの野原や森が反対の方向へ駈け去ってゆくのをみるうれしさを想うと、アリスはそれだけで気分が悪くなりそうでした。

こんなに神経質になるのはばかげていました。アリスは自分に百ぺんもそういってきかせました。けれどもそれは役にたちませんでした。ひいひいひいひいひいひいひいひいお祖母《ばあ》さんという考えそのものが、彼女の心を恐ろしい予感でいっぱいにしました。もうすこししっかりしていられさえしたら。彼女の教母さまでもあるあの老婦人がお母さんにもいっしょにくるようにいってくれさえしたら。心臓がこんなにどきどきするのが止みさえしたら。機関車の車輪がひとつはずれてくれさえしたら！

しかしそれにしてもけっきょくのところアリスは、これまでにこのたいへんたいへん年とった老婦人をみたことさえなかったのです。今にいたってさえ彼女は「お祖母《ばあ》さん」につけた「ひい」の数がちゃんとあっているかどうか、たいして確信が持てませんでした。しっかりした人たちにしたって――と彼女は考えました――三百四十九歳の親類にとつぜんお茶に招かれることなど、しょっちゅうあるわけではありません。それにもうひとつのことだってありえません。つまりきょうは――まさにこの土曜日は、彼女の教母さまの誕生日――三百五十歳の誕生日なのです。

このことを思い出すたびに、アリスの顔にはかすかな微笑がうかびました。十七歳のときには誕生日というのは本当に「大事件」です。人生は駈け足で進んでいます。豆の蔓みたいに伸びているところです。髪は「あげ」られ（すくなくともアリスが少女のころはそうでした）、スカートは「長く」なり、やがて社交界に「でる」のです。べつのいいかたでいえば、本当にまちがいなく大人になりかかっているのです。ところが三百五十歳では！　そのころには確実に……合計がちゃんとあっているということを確信することだってむずかしくなるにちがいありません。確かなのはそうなるとなんの変化もありえなくなるということです。確かにありえません！

それでも重要なのはたぶん数のよびかたなのだろうと、アリスは考えました。彼女自身すでにティーン・エイジャーになることがどんなに奇妙な衝撃であるかは知っていましたし、二十代に跳びこんでゆくときにはどんな震えがくるかということも予想がつきました。しかし数のよびかただけのことだったとしても……そうです、三世紀もたてばもう誕生日には慣れっこになってくるにちがいありません。

教母さまがこれまで一度も彼女に会いたがらなかったというのも奇妙なことでした。なん年も前に教母さまは彼女に、ところどころに金鍍金《めっき》したずんぐりしたコップを送ってくれたことがありました――そのコップはエリザベス女王の御代《みよ》に十歳の子供だった教母さま自身が、麦酒《ビール》を飲むのに使ったものなのでした。チャールズ一世が教母さまに下さったという彩色した羊の皮の祈禱書や、いくつかの古いきれいな小さな装身具もとどきました。でも贈り物をもらうということとその神秘的な贈り主にじっさいに会って話をするということは、おなじではありません。知らない人のことを想像するのは、その人に面とむかうのとはまるでべつのことなのです。教母さまはどんなようすをしているでしょうか？　どんなようすでありうるのでしょうか？　アリスにはまるで見当がつきませんでした。八十歳かもっとうえの老婦人というのはわかります。でも年をとるということが算術の問題にすぎないみたいに八十を四倍してすませるわけにはゆかないのです。

本当に非常に年をとってしまったら――とアリスは思いました――肖像画を描いてもらったり写真をとってもらったりしようという気は、たぶんなくなるにちがいありません。若いうちでさえ、そういうときには石のように堅くなってしまいます。そんなふうに年をとったらそのときは――そうです、ひとりでいるほうがいいと思うでしょう。彼女ならそうします。

「ねえ、ママ」と彼女はとつぜん固い座席のうえで振りかえりましたが、それにつれてそのまっすぐな麦藁《むぎわら》色の髪は、なめらかに波うって肩へとすべり落ちました。「ねえ、ママ、わたしまだ部屋のなかへはいっていくとき、どういうふうにしたらいいかわかんないわ。そこに誰かいると思う？　握手をするのかしら？　わたしにキスしたりしないわよね？　どうしたらいいかまったくわかんないのよ。ママをおいてゆくなんて――ひとりぼっちになるなんて嫌《いや》だわ」

彼女は握っている手を指で強く叩き、恐ろしい心配でいっぱいになってお母さんの顔をみつめましたが、それでわかったのはその顔に浮かんだ微笑が窓におろされた小さな鎧戸《よろい》のようなものにすぎず、その奥ではお母さんもまたほとんど彼女自身とおなじくらいこの訪問を不安に思っているのだということでした。

「どっちみちどんどん近づいてきてるのよ、そうでしょ、いい子ちゃん？」とお母さんはささやきました。すると車室の反対側の隅でぐっすりと眠っていた太ったお百姓のお爺さんが、ぐあぁと鼻を鳴らしました。「そうよ、大丈夫よ」とお母さんはそっとつづけました。「わたしならはじめに女中さんに、あのかたの――教母さまのことよ――おかげんがいいかどうかたずねるわね。『チェイネイ嬢《さん》のおかげんはわたくしにお会いになれるくらいおよろしいのでしょうか？』とでもいってね。そうしたらあなたがどうしたらいいか教えてくれるでしょうからね。あのお気の毒な老婦人に口がきけるかどうかも、わたしはよく知らないのよ。筆跡はあのとおりもの凄いんだけれどね」

「でもねえ、ママ、そこに女中さんがいるなんてどうしてわかるの。教母さまの時代にはどこでも『従者』を使ってたんでしょう？　広間に従者が列を作ってたりしたら！　それにいつたちあがってさよならっていえばいいの？　もし教母さまが耳も聴こえず、しゃべれもしなかったりしたら、ほんとにどうしていいかまるでわかんないわ！」

この二、三日というもの、こうした質問がすくなくとも一ダースはやりとりされていたのですが、今、この椅子の堅い旧式な車輛がのろのろと、しかしたゆみなく目的地に近づいてくると、金髪のアリスのもともと蒼白かった顔色は、お母さんの眼の前でさらにいっそう蒼ざめてきました。

「わたしならなにか困ったことがあったときにはね、かわいい子ちゃん」とお母さんは娘の耳もとでそっといいました。「いつも小さくお祈りをするわ」

「そうよ、そうよ、大好きなママ」とアリスは、ぐっすり眠っている太ったお百姓のお爺さんをみつめながらいいました。「でもひとりっきりでゆくのじゃないといいのに！　あのひとがとってもいい教母さまだなんて、わたし思えないわ。わかるでしょ。手紙のなかにはわたしのつごうのことなんかひとことも書いてなかったもの。どうみたって、そういうことがわかるくらい年とってるはずよ」彼女の顔のうえをまたもや微笑の幽霊のようなものがかすめてゆきました。でも彼女はお母さんの指をさらにもうすこししっかりと握りしめただけで、その窓のそとを生垣や野原はあいかわらずつぎつぎとうしろへすべってゆきました。

　二人は宿屋からも御者からもみられないですむように、馬車のなかで本当にさようならをいいあいました。

「ほんのしばらくしたらね、いい子ちゃん」とアリスのお母さんは、長い抱擁のさいちゅうに息をついでいいました。「わたしたちきっとこんな心配ごとのことなんか、二羽の雉鳩《きじばと》みたいに笑っていられるようになるわ。あのかたがどんな御親切なことを考えてて下さるか、わかりはしないでしょ？　ところでわたしが『赤獅子亭』で待ってるのを忘れないでね——本にのってた宿屋の名前はそれだったわ。そうしてもし時間があったら、二人っきりでちょっとした晩御飯にしてもいいわね——もしあったら、スープをすこしと、どっちみち卵とね。あなたがお茶でおなかをいっぱいにしてくるとは思えないもの。こんな状況じゃあね。でもとにかく、教母さまはあなたに本当にお会いになりたいのでなければ、くるようになんておっしゃらなかったと思うわ。そのことを忘れないようにしましょうね、いい子ちゃん」

アリスはお母さんが生垣のかげに隠れてみえなくなるまで、窓から首をだしてみていました。貸馬車はそれからお屋敷のほうへとつづくほこりっぽい道を、ごろごろ、ごろごろとゆっくり進んでゆきました。ごろごろ、ごろごろ、ごろごろ。とうとうおしまいにアリスは、もうなんマイルもなんマイルもきたにちがいないと思いはじめました。そこで彼女はとびあがって窓から首を突きだし、御者に「あのう、お屋敷なんですけど、すみません」と声をかけました。

「あれでさ、嬢さん、お屋敷はね」とかれは鞭を大きく振って叫びました。「庭のなかまでのっけてくわけにゃゆきませんがね、嬢さん。そいつぁ許されてないんでさ」

「まあ、なんてことかしら」とアリスはかび臭い青いクッションに身を沈めながらため息をつきました。「並木道がなんマイルもあって裏手が正面玄関だったりしたらどうしようかしら!」

それは気持のよい晴れわたった午後でした。きれいに刈った生垣の列はみんな新しい緑色をしていました。若わかしい春の花々――桜草やすみれ、テンナンショウ、はこべ――は淡い色の星のように土手を飾っていました。アリスの小さな銀時計ではまだ三時半でした。これならちょうどいいときに着きそうです。じっさいそれから二、三分のうちに、貸馬車は大きな錆びた鉄細工の門のそばに着きましたが、その四本の門柱のうえには石で作った重そうな鳥が止まり、頭をたれ、翼をひろげてなにか考えこんででもいるようでした。

「六時にはかならずむかえにきて下さいな」とアリスが御者に頼んだ声は、自然な礼儀正しいものにしようとしたにもかかわらず、哀願するような調子になりました。「それに一分でも遅れないで、お願い。そうしてわたしがもどるのを待ってて下さいな」

御者はひょいと頭をさげて帽子に手をやると、轅《ながえ》のあいだにつながれた年とった馬にぐるりとむきをかえさせ、そしていってしまいました。アリスはひとり残されました。

最後にもう一度だけ奇妙なそのくせ親しげな田舎道をふりかえると――そこには一軒の家もみえませんでした――アリスは二つの大きな扉の横にある小さな扉を押しあけました。かすかに嘲《あざけ》るようにきしりながら、その扉は蝶番《ちょうつがい》のうえでゆっくりと回転しました。そのむこうにはすくなくとも九フィートはあるイチイの生垣が立ちふさがり、その隅のところには小さな四角い門番小屋がありましたが、窓には鎧戸がおり、古びた玄関には枯葉がいっぱいたまっていました。アリスはたち止ってしまいました。これは彼女もお母さんも予想しなかった難関でした。ノックをすべきでしょうか、そのままゆくべきでしょうか？　その小屋は蝙蝠《こうもり》みたいに盲であるようにみえました。彼女はうしろへさがって煙突をみあげました。しかし家のむこうの西洋ヒイラギの暗い葉むらの前には、かすかに羽毛ではいたほどの煙さえみえませんでした。なん羽かの鳥がびっくりしたようにうるさく鳴きたてながら物陰へと飛んでゆきました。

まちがいなく小屋は空《から》でした。けれどもたしかめるほうが礼儀にかなっているような気がしたので、彼女は玄関のところへあがっていってノックをしました――でも答えはありませんでした。一、二分そこにたたずんで、遠くでキツツキの笑い声がするばかりの静けさのなかで人気のない窓をながめたあと、アリスは先へ進む決心をしました。

細い並木道の砂利《じゃり》のあいだには苔がこんもりと厚く生えていたので、彼女の足はぜんぜん音をたてませんでした。道の両側の大きな樹々の作る蔭があまり深いので、まだ午後も早い時間であるにもかかわらず、彼女はもう夕暮れがきたのではないかとさえ思いました。樫《かし》の樹はみんな、芽をだしかけた大きな枝々を空へとさしのべていました。その年月を経た幹にうがたれた暗い穴には、人間の一家族がそろって住めそうでした。その枝々のあいだからは遠くに巨大な西洋杉がみえ、もっと遠くにはべつの樹々があって、そのしたでは鹿の群れが草を食べているようでしたが、あまり離れているのでよくはわかりませんでした。

この野生の生きもののすみかで彼女がであった数匹は、非常に人に慣れているようでした。かれらは逃げるなどというめんどうなことはせず、脇へよけて彼女の通るのをみているだけでした。鳥たちは自分の縄張りがつづくかぎり、彼女の手がとどくよりちょっと先をぴょんぴょん跳びはねてゆくのでした。まったくの好奇心からアリスは、こわれた柵の手すりのしたに坐ってなにやら齧《かじ》っている大きな雄兎のそばへ、できるかぎり近づいてみることにしました。それは大成功で、彼女がそのふわふわした頭をなで、長いぶらぶらした耳にさわっても、かれはまるで平気でいました。

「そうね」と彼女は身体をおこしながらため息をついて考えました。「兎たちがみんなこんなに慣れているとしたら、ひいひいひいひいひいひいひいひいひいお祖母《ばあ》さんのお家にはたいしてこわいものがあるはずはないわね。さようなら《オー・ルヴォアール》、ウサちゃん」彼女はその動物にむかってささやきました。「ほんのちょっとしたらすぐにまた会いたいわ」そして彼女は先へ進みました。

あそこやここにときおりせむしのような茨の木がみえ、また時にはヒイラギもありました。アリスはずっと昔、ヒイラギはとても利口で、どんな動物にも若芽を食べられないですむ場所では棘《とげ》をはやさないのだときいたことがありました。ここのヒイラギには棘はぜんぜんないようでしたし、ポツポツと堅い蕾《つぼみ》をつけたサンザシは鮮かな緑色の衣こそまとっていましたが、まるで若木のときに悪戯《いたずら》っ子たちに結び目をこしらえられてしまったかのように、ねじくれたおかしなかっこうをしていました。それにしても静かな空気のなんと甘かったことでしょう。枝々が高く重なりあい、そのうえに無邪気な子供のように青い空がひろがるこの静かな並木道にすっかり心のなごんだ彼女は、ほとんど教母さまのことを忘れてしまうほどでしたが、そのときとつぜん並木道の曲り角のところから四輪馬車が近づいてくるのが眼にはいりました。

正確にいえばそれはたぶんいわゆる四輪馬車ではなくて、二頭のクリーム色の馬の曳く、色あせたえび茶色と黄色に塗った大きな車でした——御者台には桑の実色のお仕着せを着た御者が坐り、そのそばには馬丁がついていました。本当に奇妙だったのはこの乗物がていねいにたどって進むいつもの轍《わだち》の跡に苔や雑草がびっしりとはえていて、あたりの草の緑とほとんど区別がつかないということでした。アリスにはそれがどんどん近づいてくるのをみているほかありませんでした——彼女は頭上にそびえる樫の樹のしわだらけな樹皮に、ぴったりと身をよせてたっていたのです。それは教母さまの馬車にちがいありませんでした。広い広い世界から身を隠して、彼女は毎日のひと乗りをしているのにちがいありません。しかし、そうではなかったのです。それは近づき、なかの色あせた赤いモロッコ皮をちらりとみせて通りすぎましたが、そのなかは空《から》だったのでした。陽にさらされて白くなった鏡板のうえには、もう御者と馬丁の背中——髪粉をふった髪と花形徽章のついた帽子——しかみえてはおりませんでした。

この奇妙な光景をみて、アリスの心にはありとあらゆる心配がどっともどってきました。彼女はその隠れ場からつま先だちででて、先を急ぎました。いまやただひとつの願いはこの旅の終りに早く着きたいということだけでした。じっさいそれからすこしゆくと、家がみえてきました。その低い黒っぽい壁と灰色の煙突にむかって、刈りこまれた芝生がゆるい坂になっていました。右手には樹々に縁どられた、大きな鏡のように平らな池がひろがっていました。そのむこうにはなだらかな緑の丘がみえていました。

アリスはたくさんの窓のどれかから姿をみられるよりも前にもっとよくようすをみようとして、太い灰色の樹の幹のうしろにたち止りました。家ははかり知れない昔からそこに建っていたかのようにみえました。そのずっしりとした石組は、それ自体の重さで地面に二、三フィートめりこんでいるかのようでした。そのそばには花をつけた灌木も草花もありませんでした――雛菊とそれから黄色いたんぽぽがいくつか粉を散らしたように咲いているばかりでした。

そのほかにはただ緑の芝生と樹々、そして彼女が今たっているところから低い車寄せのついた玄関のほうへとゆるやかにつづく古めかしい並木道があるだけでした。「そうね」と彼女はひとりため息をつきました。「わたしはあそこに住んでるんじゃないってことを感謝するわ。それだけよ――千一歳になってたとしたって嫌《いや》だわ！」彼女はしゃんと姿勢を正し、靴に眼をやり、リボンをつけた麦藁帽子をちょっとおさえてみてから、できるかぎり重おもしいようすをしてまっすぐに前へ進みました。

玄関にぶらさがっていた鉄の引き手をそっとひっぱると、たっぷり一秒ほどの間をおいて、しわがれたベルの音がしました。それは「はあい、はあい！」というかのように鳴り、そして静かになりました。アリスはそのまま大きな鉄のノッカーをみつめていましたが、それを使う勇気は彼女にはなかったのでした。

やっとのことで戸は音もなく開きましたが、そこに現われたのは彼女の恐れていたとおり、こぎれいに洗った制帽をかぶった親しげな小間使いなどではなく、黒い燕尾服を着た老人で、その老人は薄い灰色の眼で彼女のほうをガラスケースにはいった剝製の鳥でもあるかのようにながめました。かれ自身の身体がしばらくのうちに縮んだのか、誰かほかの人の服を着こんでいるからか、その服はかれの肩からだらりとぶらさがっておりました。

「わたし、アリス・チェイネイ嬢――あのう、アリス・チェイネイ嬢です」と彼女はいいました。「わたし、ひいひい……チェイネイ嬢《さん》が待っておいでだと思うんですけど――あのう、もちろん、おかげんがおよろしいようでしたら」このいくつかの言葉のために彼女は一息ぜんぶを使ってしまいましたが、教母さまの老執事はその意味がのみこめるのを待つかのように彼女のほうをみつめつづけました。

「どうぞおはいり下さい」とかれはとうとういいました。「チェイネイ嬢はあなたさまにおくつろぎいただくように申せとおいいつけになりました。そしてすぐにお会いになりたいとのことでございます」そういってかれは先にたち、アリスはそのあとについてゆきました――そこは広い広間で、石造りの低い窓からは緑色がかった光が射しこんでいました。両側にはみがきあげられた甲冑《かっちゅう》が面《めん》頬《ぼお》をあげて立っていました。しかしはるか昔に死んだその所有者の輝く眼が光っていたはずのところには、狭いちょっとした暗闇があるばかりでした。アリスは両側をちらっとながめただけで、そのあとは小柄な老執事の猫背になった背中から眼を離しませんでした。みがきこんだ階段を三つあがり、垂れさがる綴れ織りのしたを通り、長い回廊の端までいって、やっとのことでかれは彼女を教母さまの居間と思われるところへ通しました。そこでお辞儀をひとつすると、かれは彼女をおいていってしまいました。アリスは長い深いため息をひとつつき、入口に近い椅子の端のほうに腰をかけて、灰色の絹の手袋の片方のボタンをかけたりはずしたりしました。

それは細長くて低くしつらえられた、しかしあまり広くはない部屋で、天井《てんじょう》には刳形《くりがた》があり、壁には鏡板が張られており、家具はアリスのみたこともないようなものでした。たいへんなはにかみで身体じゅうがいっぱいになっていたにもかかわらず、この部屋をお母さんのピンク色とモスリンの小さな客間とくらべてみると、彼女はふきださずにはいられないくらいでした。

「おくつろぎいただくよう」とは！　そこにある箪笥《たんす》のどれにでも、彼女ひとりくらい、あの「やどり木の枝」にでてくる不幸な若い花嫁のように、永久に隠しておけそうだというのに。またありにかかっている色あせた大きな額縁にはいった肖像画についていえば、一眼みると「昔の名匠」のものだとわかりましたし、だからできるだけ厳粛にながめることにもしたのですが、彼女はこれまで人間というものがこうも奇妙によそよそしくみえるなどということは考えたこともありませんでした。それはかれらの衣裳――胴衣や切りこみをいれた胴着、大きなビロードの帽子――のせいではあまりなく、むしろその顔のせいでした。貴婦人たちは広い額をむきだしにして指は皆さきが細く、親指に指輪をはめていましたし、男の人たちはむっつりと気むずかしそうでこちらをにらみつけているかのようだったのです。

「おっほん！　名無しのお嬢さん！」とかれらはそういっているようにみえました。「おまえさんはここでなにをしているっていうんだい、え?」

たったひとつの例外は彼女とほぼおない年くらいの少女の絵でした。縁の垂れさがった優雅な帽子にほとんどすっかり隠れた黄色い髪、胸には首飾り、そして腰のところできゅっと締まった桜草色の胴着。その絵はとても繊細な線で描かれ、チョークでほんのかすかに彩色しただけでしたので、線も色も紙のうえにはほとんど跡を残していないかのようでした。しかしその低い部屋のむこう側からアリスをみつめている眼には、生命が輝いているようにみえました。どこか奥深いところに、半分嘲るようで半分真面目《まじめ》くさった微笑がそのまま残っているのでした。みてよ!わたしきれいでしょ、でもそれもすぐに終ってしまうんだわ!とそれはほのめかしているようでした。そしてこんなに美しい顔はこれまでみたことがないにもかかわらず、アリスはそれが自分にかすかに似ていると思わずにはいられませんでした。そのことがどうして彼女の自信をほんのすこしたてなおしたのかは、彼女にはわかりませんでした。けれども彼女は絵のほうにむかって「そうよ、ねえ、なにが起きたって、わたしのそばにはあなたがいるわよねえ」というかのように、落ちついたほほえみをかえしました。

歩みの遅いなん分かが重おもしく時を刻んでゆきました。大きな家のなかには物音ひとつきこえず、足音もまるでしませんでした。しかしとうとう部屋のむこうの端の戸がそっと開くと、仕切りのある深い窓からはいる緑色がかった光のなかに、その人だとわかる人が姿をみせました。彼女は

アリスを家のなかに案内した執事の腕によりかかっていました。二人は影のように静かに部屋にはいってきました。そしてそこにしばらく立ち止り、そのあいだにべつの召使いの男が女主人のために椅子をととのえました。そのあいだじゅう老婦人は、訪問者のほうを探るようにまじまじとみつめていました。かつてはアリスとおなじくらいの背はあったにちがいない彼女も、歳月がたって今では子供の銅像くらいの大きさに縮こまり、その小さな頭は狭い肩のうえにしっかりと据えられていましたが、肩のほうは門のうえにあった石の鳥の翼のように垂れさがってしまっておりました。

「おお、おまえさんなのかい、え?」と叫ぶような声がしました。しかしその声はとてもかすかだったので、アリスは自分がそうきいたと思っただけのような気がして、急にまっ赤になってしまいました。

「おまえさんなのかいっていているんだよ」とその声はくりかえしました。こんどはまちがいありませんでした。アリスが膝を震わせながら光の射しているほうへ一歩進みでると、老婦人は片手を差しだしましたが、その手はすっかり小さくなってしまっていて、重なりあうようにすぼめられた指はおとなしい鳥の鉤爪のようでした。

ほんのすこしのあいだアリスはためらいました。恐ろしい瞬間がやってきました。彼女は進みでて老婦人に膝をかがめてお辞儀をし、氷のような指を持ちあげて唇をあてました。

「わたしにいいえるのはね」と彼女はあとでお母さんに会ったとき、そう打ち明けました。「わたしにいいえるのはね、ママ、もしあれが法皇さまだったら、わたしはその足の指にキスしただろうってことだけよ。それにほんとにそうしたほうがずっと良かったんでしょうね」

けれどもアリスのひいひいひいひいひいひいひいひいお祖母《ばあ》さんは、明らかにこのしぐさに腹をたててはいないようでした。じっさいアリスの眼には微笑のようにみえたなにかが、その顔のひだの精妙な織目のあいだに、いわばたたまれてゆきました。どんぐりのような形をした彼女の頭のうえには、着ている着物とよく似た銀とレースの帽子がのっていました。そして指先をだした絹の手袋がその手首を覆っていました。彼女はとても小さかったので、アリスはその指にふれるために身体を二つに折らなければならないほどでした。彼女が椅子に腰をおろすとまるで大きな人形が――もっとも声をだし、考え、感じ、動く、あらゆる細工師のどんなに奔放な空想をも越えたすばらしい人形でしたが――そこに坐っているかのようでした。しおれて乾ききったような顔のなかから、その眼は――思いきり薄い色をした忘れな草よりもさらにずっと薄い青でした――じっとアリスをみつめつづけ、一方執事と従僕は女主人のようすをうかがうように頭を傾けてそこにたっていました。そしてやがてなにか秘密の合図でもうけたかのように、二人ともお辞儀をしてひきさがってゆきました。

かれらがいってしまうと、ちりちりと鳴るような声がして「おすわり、さあ」といいました。そしてそのあとに恐ろしい沈黙がやってきました。アリスは老婦人をみつめましたが、半透明のガラスのような年老いた眼は依然として彼女のほうに探るようにむけられており、鳥のような手は狭い膝のうえで四角いレースのハンカチを優雅にひろげていました。アリスの身体はどんどん熱くなってきました。「なんて美しい古いお家なんでしょう、ひいお祖母《ばあ》さま」と彼女はとつぜん口をすべらしました。「それにあのみごとな樹！」

チェイネイ嬢が彼女のいったことをきいたとわかるような気配は、ちらりともしませんでした。しかしアリスは彼女がちゃんとそれをききき、しかもなぜかその言葉に不賛成なのだと思わずにはいられませんでした。

「さあ、おいで」と彼女は鋭く叫びました。「さあ、おいで。この長いあいだおまえさんがなにをしていたのか話しておくれ。お母さんはおげんきかい？　わたしはお母さんに会ったのをぼんやりとおぼえているように思うよ、お母さんがおまえさんのお父さんのジェームス・ビートン氏と結婚してまもないころだったがね」

「ビートン氏はわたしのひいお祖父さんだと思うんですけど、ひいお祖母さま」といってアリスはそっと息をつぎました。「お父さんの名前は、御存じと思いますけどジョンです――ジョン・チェイネイなんです」

「ああ、そうかい、おまえさんのひいお祖父さんかい、そうだね」と老婦人はいいました。「日付けのことはたいして気にしないことにしてるもんでね。ところで最近はなにかあったかい？」

「なにかって、ひいお祖母さま?」とアリスは木魂のようにくりかえしました。

「むこうでさ」と老婦人はいいました。「世間でだよ」

かわいようなアリス。彼女には歴史の試験で歯の立たない問題を前にしてペンを齧った経験もありましたが、これは彼女が今までに出会ったなによりもずっとひどい経験でした。

「それ、ごらん!」と笛のような声がつづきました。「わたしは世間のいろんなすばらしい話というのをきいてるがね、そのわりにはわたしがこんな簡単なことをきいても誰も答えることがないってんだからね。おまえさんはあの蒸気鉄道ってので旅行をしたことがあるかい? 機関車ってのかね?」

「きょうのお昼それに乗ってきましたけど、ひいお祖母さま」

「ああ、おまえさんがちょいとばかり赤くなってると思ったよ。煙がひどく気持悪いにちがいないね」

アリスはほほえみました。そして「いいえ、そうでもありません」といいました。

「それからヴィクトリア女王はどうしてるかい?」と老婦人はいいました。「まだ生きてるかい?」

「ええ、生きておいでです、ひいお祖母さま。それももちろん、ちょうどおきてることのひとつですけど。ことしは女王様のダイヤモンド祝典なんです——六十年の記念ですよね」

「ふうむ」と老婦人はいいました。「六十年ね。ジョージ三世の御代《みよ》は六十三年だったね。しかしみんなやがて死んでしまうよ。わたしはかわいそうなエドワード四世のお葬式のあとで、お父さまがわたしの子供部屋へあがってきたときのことを憶えているがね。お父さまは宮廷の小姓のひとりだったんだよ、わかるかい――ヘンリー八世が王様だったときさ。とてもきれいな若者だったからね――肖像画があるよ……どこかそこいらにね」

すこしのあいだアリスの心のなかはおぼろげな記憶――歴史の本で読んだことの記憶――の渦巻になってしまいました。

しかしチェイネイ嬢の鳥のような声は、ほとんどひと休みもしませんでした。「わたしがおまえさんにこの長い道をあの恐ろしい最新流行の蒸気機関車に乗ってくるようにいったのが、わたしの子供時代の話をするためじゃあないってことはわかってもらわないと困るね。王様も女王様も移り変ることはほかの物とおなじさ。変化ってものはたくさんみてきたけれど、わたしにゃあ世のなかはいつまでたってもほとんどおなじにみえるね。新聞ってものが役にたつ新発明だってことも信じられないね。わたしが小さい娘の時分にはそんなものがなくても十分やっていけたし、アディソン（評論家、詩人、一六七二―一七一九）の時代にゃ一週間に一度の小さな紙面で足りたもんだよ。しかし、まあいい。愚痴はむだだからね。それにおまえさんがぜんぶの責任を持てるわけでもなしさ。わたしの少女時代にも変化はあったよ――大きな変化がね」そして彼女の眼はさまよってゆき、あの桜草色の着物を着た若い娘の肖像画のうえにしばらくとどまっていました。「ほんとうのことをいうとね、おまえさん」

いんだよ」と彼女はつづけました。「わたしはおまえさんに話したいことがあるのさ、そしてきいてもらいた

彼女はまたしても指にハンカチを握りしめたまま、しばらくのあいだ黙りこんでしまいました。それからようやく、大きな椅子のうえで人眼をはばかるように前かがみになりながら「ぜひおまえさんにきかせてもらいたいことがあるんだがね」といいだしました。「おまえさんにどうしてもいってもらいたいことってのは、それはおまえさんがどれくらい長く生きたいかってことなんだがね」

すこしのあいだ、アリスはまるで口もきけませんでした。窓という窓がぴったりとしまっているにもかかわらず、氷のような風が北極からまっすぐにやってきて部屋のなかを吹き抜けていったかのようでした。彼女の眼は絵から絵へ、そしてものをいわず生命も持たない古めかしい品物から品物へとうつろにさまよい、最後にダイヤ模様の窓ガラスのむこうに頭をのぞかせている草花のうえに留まりました。

「わたし、そんなこと考えたこともありませんでした、ひいお祖母さま」と彼女は乾いた唇でささやきました。「わたし、わかりそうにもありませんわ」

「そうさね、わたしも若い肩のうえに大人の頭がのっかってるなんてあてにしちゃあいないよ」と老婦人はいいかえしました。「もしもチャールズ王――とっても博識で寛大で信仰の篤《あつ》い王様だっ

たがね――がそれに気がついていたら、あのオリヴァー・クロムウェルなんて下賤な輩《やから》に王様の首を切ったりできたものか怪しいものさね」

　どんぐりのような頭は、かたつむりが殻にはいるようにしてレースのなかにすぼめられてしまいました。このときまでアリスはまるで精巧な像、あるいは自動人形――光る眼と鳥の爪のような手と、遠くからきこえるような声の――とでも話をしているような気がしていました。ところがいまやそのなかには生命がかきたてられたとでもいったようすでした。小さな、しかし鋭い声はささやきにまで沈められ、老婦人は近くで立ちぎきしているものがいないかどうかたしかめるように右や左をこっそりとうかがってみました。

「さてよくきいておくれ、おちびさんや、わたしには秘密があるんだよ。そしてそれをおまえさんだけに打ち明けたいのさ。たぶんおまえさんは今日がわたしの三百五十回目の誕生日なんだから――これをきいてアリスはとつぜん、自分が教母さまに『お誕生日おめでとうございます』というのを忘れてしまっていたという恐ろしいことに気がつきました――ここで陽気なたくさんのお仲間、おまえさんみたいな若いしあわせな人たちに会うことになると思っていたんじゃないかい？　ところがそうじゃない、そんなことじゃないのさ。おまえさんのだいじなお母さんにしたって、わたしにとってはもちろん義理のひいひいひいひいひいひいひい孫にすぎないんだよ。お母さんはたしかウィルモット嬢だったね」

「ウッドコットですわ、ひいお祖母さま」と、アリスはほほえみました。

「ふむ、ウッドコットかね」と老婦人はいいました。「どっちだっていいことさ。しかしだね、おまえさんは正真正銘わたしが選んだ女のひいひいひいひいひいひいひい孫なのさ。ただの男なんてものには興味はないんでね。そればかりじゃない。おまえさんは今、そのむこうの壁にみえる肖像画を描いてもらったときのわたしとちょうどおなじ年なんだよ。あれはハンス・ホルバインの弟子の作だがね。たしかあのときにはハンス・ホルバイン自身はもう死んでたはずだよ。おやおやわたしはちょうどこの部屋に坐って肖像画を描いてもらってたときのことを憶えてるよ——まるできのうのことみたいだね。ウォルター・ローリー卿がそれをひどく誉めてたがね、あの人も不幸な終りかたをしたものさ、知ってるだろ。あれはたしか、わたしの七十代のはじめごろだったっけね。わたしのお父さんとあの人のお父さんとは子供のころデヴォンシャーでいっしょだったのさ」

アリスはほんのちょっとまばたきをしました。彼女はこの老婦人——案山子《かかし》のような顔と、小さな動きのない手をした——から眼を放せなくなっていたのです。

「さてちょっとあの絵をみてごらん、いいかい！」と老婦人は曲がった小さな人差し指でむこうの壁をさしながら命令しました。「似てるのがわかるかい?」

アリスはその肖像画を長いあいだじっとみつめました。しかし彼女にはそのほほえんでいる美しい顔がほんのわずかにでも自分に似ているということを否定してみる勇気も虚栄心もありませんでした。「誰にですか、ひいお祖母さま?」と彼女はささやくようにいいました。

「いいよ、いいよ、もういいよ!」と老婦人は叫びましたが、その声は遠くで鳴る銀の鐘のように響きました。「わたしにはわかるよ。わかってるよ……でも今はそんなことを気にする必要はないさ。たぶんおまえさんは並木道をずっとやってきたときに、この家をみただろうね?」

「ええ、みましたわ、ひいお祖母さま——でももちろん、そんなによくはみられませんでしたけど」とアリスはやっとの思いで答えました。

「みた感じは気にいったかい?」

「そのことは考えなかったと思います」とアリスはいいました。「樹やお庭はとてもすてきでした。わたしあんな、そのう——年とった樹はみたことなかったんです、ひいお祖母さま。それでもなにもかもに葉っぱの芽がでてましたし、いっぱいに開いてるのもありましたわ。樹があの——この世界にこんなに長くいて、そのう——芽をだすってすばらしいことじゃありません?」

「わたしは家の話をしていたんだよ」と老婦人はいいました。「春も今じゃ昔のようじゃないね。わたしが知ってたような春はイングランドから消えてしまったよ。わたしはロンドンのあっちこっちの丘のてっぺんで天使たちの姿がみえたある四月のことを憶えてるがね。でもそれは今のところわれわれには関係がないよ。今のところはね。家はどうかい?」

アリスのまなざしはまたしてもさまよってゆきました——そして窓のむこうでうなずいている緑

の草のうえにとまりました。

「とってもとっても静かなお家ですね」と彼女はいいました。

子供らしい声は厚い壁のあいだで消えてしまい、そのあとには底知れぬ井戸の水のように深い沈黙がつづきました。そしてそのあいだじゅうアリスは、ひいひいひいひいひいひいひいひいお祖母さんがその針のような眼でじっと自分の顔をうかがっていることを、はっきりと意識していました。

「さてよく気をつけてきくんだよ」と彼女はついにいいました。「おまえさんのような顔つきをしてれば――そこのその肖像画とはほとんどまるで似てない顔つきをしてるんなら、機知のほうはかなりあるにちがいないね。わたしはもうばかげた虚栄心があるといって責められるほど若くはないと思うがね、え、おちびさん。わたしの少女時代には正当な誉め言葉は喜んでうけとったもんだよ。さてわたしはおまえさんにひとつ提案したいことがあるんだがね、それに答えるにはおまえさんの知恵のありったけが必要になるだろうよ。びっくりすることはないよ。わたしはおまえさんをすっかり信用しているからね。しかしまずはじめに隣の部屋におゆき。そこに食事の用意がしてあるからね。最近じゃ若い者たちはしょっちゅう滋養をとっていないといけないらしいね。なんてことだろう！　みんなわたしの知ってるような貴婦人の礼儀なんてものはすっかり忘れているし、片時だってじっとしちゃあいないんだからね。なんてことだろう！　うわさにきくあのいろんな恐ろしい機械、不平不満、不信心、落ちつきのない混乱したこの年月。わたしの若いころには貧乏人は貧乏人、卑しい身分のものは卑しい身分のものと決まってたもんだよ、おまえさん。みんな身の程ってものを知っていたね。若いときにはわたしもひとつの刺繍になん時間もかかりっきりで、それで満足してたもんだよ。もし必要とあらばお母さんは鞭を惜しみはしなかったしね。しかしまあわたしはおまえさんにお説教をきかせるためにここへ招いたわけじゃあなかったね。食事をしてげんきがでたら、家のなかを散歩するといいよ。どこへでもいきたいところへいって、よくみておくんだよ。誰も邪魔はしないからね。そうして一時間たったらここへもどってきなさい。最近じゃわたしは午後ちょっとひと寝入りすることにしているのでね。そのころにはまた会えるようにしておくよ」

アリスは言葉に尽せないくらいほっとして、椅子からたちあがりました。そしてふたたびその小さな年老いた姿にむかってお辞儀をして、黒っぽい樫《かし》の木の扉からそとにでました。

彼女がすぐにはいっていった部屋は小さくて六角形をしており、鏡板はとても黒い古い樫材でできていました。刳形のある天井からは銅の枝付き燭台がさがっており、鉛ガラスの窓のそとには庭園の巨人のような樹がみえていました。困ったことにはひいひいひいひいひいひいひいお祖母さんが最初に姿をみせたときに執事についてきていた従僕が、テーブルの前の椅子のうしろにひかえていました。アリスには、まあ庭師だけはべつとして、男の召使いが長い灰色の髭をたくわえるのは、決していいことだとは思えませんでした。ところがかれは現に、ぼんやりと横眼を使いながらそこにそうしているのです。それに彼女はテーブルにつくためには、かれに背中をむけなければなりませんでした。彼女はかれが重い銀のお皿にのせてくれた果物やパンを齧り、甘い飲物を飲みました。しかし食事はあわただしくいらいらしているうちに終り、彼女には食べたものの味などなにひとつわかりませんでした。

食事が終るとすぐ召使いは彼女のために扉を開き、彼女はこの大きな人気のない家のなかへと発見の旅にでました。まるで彼女自身の亡霊がそばについてきているかのようでした。彼女はこれまでにこんなに孤独に押しつぶされそうになったことはありませんでしたし、小さな自分がひとりきりでいるということをこんなに鋭く意識したこともありませんでした。長い廊下、横木をわたした低いゆがんだ戸、暗い水平でない床《ゆか》、ペルシャの敷物、こんなにも長いあいだ陽にさらされて色あせてさえいなければもっと美しかったと思われる綴れ織りや帷《とばり》、曲がり角のある階段、壁と壁とのあいだにたれこめた重い空気、数知れぬ絵、大きな寝台、考えられないほど年を経た箪笥やソファーや戸棚の果てしない列——これらすべてがわずか数分のうちに、この朝、子供時代を送ってきた家からここまでやってきた長い旅以上に、アリスをすっかり疲れさせ、うんざりさせてしまいました。どこからみてもまるで古い子守歌のまぬけなまぬけな鵝鳥《がちょう》みたいになって、彼女はあがったりさがったりしてさまよいつづけました。

そしてとうとう彼女はため息をついて、お母さんから誕生祝いにもらった小さなきらきらした銀時計をながめてみましたが、その細い針はひいひいひいひいひいひいひいひいお祖母さんのところへもどるまでにまだ十五分もあるとしかいってはくれませんでした。

　彼女が今はいりこんでいる部屋は小さな図書室のようでした。その壁には天井《てんじょう》から床《ゆか》まで古い牛皮や羊皮の二つ折り本や四つ折り本、それにずんぐりした十二折り本などがずらりと並べられ、そのあいだには何代の王様の御代《みよ》をさかのぼったらいいか見当もつかないくらい古い先祖たちであるらしい、なん十人もの人の肖像画やきれいな細密画やメダルがかかっていました。

　そのうちのひとつふたつはじっさい判読しがたい字で書かれたことから察すると、王様たち自身からこの一家への贈物であったようでした。さまざまな衣裳や鬘《かつら》やターバンや裾飾りを身につけた人びとは、まるで盛大な仮装舞踏会の客ででもあるかのようでした。

　この部屋には壁に低いくぼんだ場所があり、そこには浅い張り出し窓があって、そのうえに細長い綴れ織りがかかっていました。鉛ガラスの窓は開いていました。陽はすでに西に傾いており、その光が釘にかかった金や黒檀や象牙の額縁を斜めに照らしていました。アリスは窓のところに跪きました。するとその心はいつしか白昼夢のなかへとすべりこんでゆき、その眼は遠く、芽をだして金色に光っている大きな樫の樹の頂きや、ヒマラヤ杉の平たい黒っぽい葉――フィリップ・シドニー卿が東方から愛するイングランドへと持ち帰ったものの子孫にちがいありません――のほうへとさまよってゆきました。

　その日一日じゅう池の水面に群らがる羽虫のように心のなかを飛びまわっていたさまざまな考え

も次第に鎮まり、彼女はこの古い家のうえに覆いかぶさっている静けさのなかへと深く深く沈んでゆきました。その感じはまるでこの家の壁がとても大きな釣鐘型の潜水器の壁になって、はかり知れないほど深い時間の海へどこまでも沈んでしまったかのようでした。窓のそとの甘い四月の空気はとても静かでしたので、彼女の耳には、朽葉色をした鹿の群れが若芽を食べながら家の前の暗緑色の芝生のほうへとだんだん近づいてくる音が、じっさいにききとれたほどでした。

そうしてうっとりと夢想にふけっているうちに、彼女はなにか小さな生きもの――それまでにぜんぜんみたことがないようなもの――が自分の坐っているところから一、二歩しか離れていない窓敷居《しきい》のうえにやってきて、ビーズのようなきれいな茶色の眼でじっとこちらをみつめているのに気がつきました。その生きものは土竜《もぐら》よりすこし大きく、黒っぽい厚い毛皮は海狸のように柔らかそうで、短かいふわふわした房のような尻尾を持っていました。耳は頭のうえにぴんとたち、顎からは銀色の髭が垂れ、またそれがよく馴れた猫や犬が肉のかけらをねだるときのように背中をまっすぐにして坐ると、アリスにはその爪が小さくて象牙のようであるのもわかりました。アリスは悲しいことにその訪問者にやるものといっては、さくらんぼの種ひとつ、パン屑ひとつさえ持っていませんでした。

「まあ、かわいいこと」と彼女はささやきました。「いったい、なんなのかしら？」

その生きものはかすかにかすかに髭を動かし、さらにいっそうまじまじと珍しいお客の顔をみつめました。アリスはごくごくそっと指を差し伸べ、驚いたことにそのふわふわした鼻をそっとなでるのに成功しました。「まるでわたし、不思議の国にはいりこんだみたいだったわ」と彼女はずっとのちになってお母さんに説明しました。その鼻の持ち主はこの小さな挨拶が気にいったらしく、声もださず、まるで静かにしていました。彼女が指をひっこめると、それはもっとかまってもらいたがっているかのように、いっそうまじまじと探るように彼女をながめました。そして象牙のような爪のある前足で樫の木の窓枠をなん度か叩くと、もう一度じっと彼女を見つめ、ふわふわした頭を三度激しく振り、一瞬動きをとめたかと思うとアリスがさよならという暇もないほどすばやく向きを変えて、彫刻をした大きなムーア風の簞笥のうしろへさっと逃げこんでしまいました。

この人生におこる静かな小さいできごとは、それがなにを意味しているかがはっきりとはわからなくても、なにか大きな意味を持っているように思えることがあります。この小さな動物とアリスの場合もそうでした。この動物はまるで彼女が――自分では気がついていませんでしたが――代数の問題かユークリッドの命題をでも考えこんでいるところへ、その棲みかから答えを教えにでてきてくれたかのようだったのです。なんと気狂いじみた考えでしょう！――アリスはまだ問題もその解きかたも知ってはいませんのに。

彼女はふたたび時計をみました。そしてもうとっくにひいひいひいひいひいひいひいひいお祖母さんとの約束の時間を十分もすぎているのに気がつくと、色白な頬をすっかりピンクに染めてしまいました。もういっていなければならなかったのです。にもかかわらず彼女は帰途につく前に、大きな夢をみているような庭園のほうへ手を振って別れを告げました。

しかし彼女は、やっとのことで帰り道をみつける前に、取りかえしがつかないほど道に迷ってしまいました。家のなかはまぎらわしい廊下や通路の迷宮のようだったのです。新しくやり直すごとにいっそう困ったことになるばかりで、そのうちとつぜん彼女はそれまでみたどれともまったくちがった部屋にいることに気がつきました。その部屋の低い壁は石でできており、埃だらけの窓には鎧戸がおりていました。なかには椅子がひとつあるだけでした。そしてその椅子にはさっき肖像画で見たほほえんでいる美しい人の等身大の人形らしいものが腰をおろしていました——眼を閉じ、頬をかすかに薔薇《ばら》色に染め、髪は今もなおきらきらと金色に輝き、ものうげに膝におかれた両手のその片方の指には、すっかり乾ききった花束の名残《なご》りらしいものが握られていました。この罪のない人形のなにがそんなに自分を驚かしたのか、彼女にはわかりませんでした。それだのに彼女はほんのしばらく恐怖に襲われてその光景をみていたかと思うと、急いで扉を締めて夢魔にでも追われているかのように駆けだし、あっちの廊下こっちの廊下とめぐるうちに幸運にもやっとのことでさっき食事をした部屋にもどることができました。胸に手を当てたままでそこにたっていると、もう二度とこの息切れがなおらないのではないかという気さえしてきました！　彼女はもはやびくびくしていたわけではなく、単に内気になっているにすぎないわけでもありませんでした。彼女はこわかったのです。「もしもこの家へきたりさえしていなかったら！」ということだけが、おびえあがった彼女に考えられるただひとつのことでした。

チェイネイ嬢のいる部屋へふたたびはいっていった彼女は、教母さまがぐっすりと眠ったままなのを発見してほっとしました。アリスはすこしのあいだ、むこうからはみられずにその姿をながめることができました。

ときに彼女のお母さんの兄さんのひとり——つまりアリスの伯父《おじ》さん——は年とった独り者で、誕生日の贈り物をするのが大好きでした。そのおかげでアリスはたいていの子供たちよりもたくさん人形を持っていました。木の人形、蠟人形、陶製、オランダの、フランスの、ロシアの、それにアンダマン諸島の人形さえありました。しかしそれらのどれを考えても、今ここにレースと銀の帽子と外套のなかにおさまってそっと横にかしげられているこの顔ほど、すっかり静かで穏やかなものはありませんでした。その顔にはなんの表情もありませんでした。かすかな微笑もなければ、渋面の影もありませんでした。ただそこには一面に小さな皺《しわ》があって、眉から瞼《まぶた》のあいだにまで波うっており、顔全体を綿密に描かれた地図のようにみせていました。

そしてアリスがまるで昔の宝捜しの人たちが秘密の島の地図を調べるようにしてその顔をまじまじとながめていると、小さな眼が開いてひいひいひいひいひいひいひいひいお祖母さんはすぐにすっかり目をさましてしまいました。

「おお」と老婦人はささやきました。「わたしは長い旅をしていたよ。でもおまえさんが呼ぶのがきこえたのでね。なにかあったのかい」そして声は低く沈んでゆきました。「うわさをきこうとして深入りをしすぎるとなにが起こるのかね。答えておくれ、え？　けれどまあいい。まずはじめにもっと大切な問題があるからね。おまえさんは私のこの家をどう思うか、いっておくれでないか」

アリスは唇をなめました。「あのう、それは、ひいお祖母さま」と彼女はやっとのことでなんとか答えようとしました。「なん年もしなきゃわかりそうにもありませんわ。びっくりするようなところですね。けど、そのう、あんまり静かで」

「なにか騒がすものがあればいいっていうのかい？」と老婦人はききました。

アリスは頭を振りました。

「じゃあいっておくれ」とその声は独特の小さな響きであたりの空気をちりちりと震わせました。

「おまえさんはこの家を自分のにしたいかい？」

「この家を――わたしのに？」と若い娘は息を詰めました。

「そうだよ、おまえさんのだよ、いつまでもね――つまり人間のいいかたでいえばね」

「どういうことかよくわかりませんけど」とアリスはいいました。

小さな頭は鳥の頭のように横にかしげられました。

「それはそうだね、おちびさん。もうすこしいわないとおまえさんにはわかりっこないね。わたしが今おまえさんにあげようとしている贈物は、この世ではほんのすこしの人間にしか考えられもしなかったようなものなのさ。それはこの家だけではなくて、いいかい、そのなかにあるものぜんぶ——とても大きなものだがね——それもいっしょなんだよ。つまり生命《いのち》さ。わたしのお父さんは旅行家でね、いいかい、それも危険がいつもついてまわるような時代の旅行家だったんだよ。ちょうどこの部屋で長い旅から帰ったお父さんは、小娘だったわたしに雪と氷と絶壁ばかりの陰気な山岳地帯の話をしてくれたがね——たぶん支那の西のほうだろうね。そこからお父さんはあの秘密を持ってもどったんだよ。おまえさんにもいつか生きつづけたいという気持が薄れるのがわかる時がくるだろうけどね、正直いうとわたしはちょいとばかり時の長さにうんざりしてきているのさ。けどいってしまう前にわたしは自分の権利として——義務でもあるがね——この秘密を誰かに教えなけりゃあならないんだよ。こっちをごらん」彼女の声はすこし高くなりました。それはまるで天井《てんじょう》の低いよく反響する部屋でかん高く歌うミソサザイの声のようにきこえました。「わたしはおまえさんにこのはかり知れないほどの贈物をしようといってるんだよ」

　アリスはほんのちょっと眼をそらすことさえできずに、椅子のうえに矢のようにまっすぐに腰をかけていました。

「秘密ですって、ひいお祖母さま?」

「そうさ」と老婦人は眼を閉じながらつづけました。「おまえさんのきいたとおりさ。秘密だよ。

わたしはそれをおまえさんにこっそり耳うちするつもりなのさ。考えてもごらん、おちびさん、果てしない時間なんだよ。こうしたいろんなものにとりまかれて、世のなかのうるさいことやばかげたことからすっかり離れて暮らすことを考えてごらん。それに恐ろしいことのひとつ——恐ろしいことのなかでも一番恐ろしいことさね——それはなくなってしまうか、どっちみち気にせずにすむくらい遠いことになるんだよ。それを想ってみてもごらん、いいね」

一瞬アリスの眼はためらいました。そしてすばやく窓のほうへむけられましたが、そこには日没の色がめまぐるしく変化しながら輝いていました。野鳥たちの歌もきこえ、春は彼女の眼の前を逃げ去ってゆくかのようでした。

「自分の時間をおとり。わたしをこわがることはないさ。二つ三つ条件をつけるけれどね。それはただおまえさんが黙っていると誓うこと、今からいうことをひと言も口にださないでいるというだけのことなんだよ——おまえさんのお母さんにもいっちゃあいけないんだよ。それ以外はやさしいことさ——比較的やさしいよ。そのほかはぜんぶね。おまえさんはここへきて、わたしと住むんだよ。部屋の用意はできてるよ——本や音楽、乗るための馬、世話をする召使い、必要なものはなんでもあるよ。そしてそのうちにこの家も、たくさんの貴重な古い美しいものも、一番高い窓からみえるよりまだなんマイルも先までひろがった広い庭園も、みんなおまえさんひとりのものになるんだよ。しばらくは昔の友だちと別れてつらいだろうね。さよならをいうのは悲しいことだとはきいているからね。でもみんな薄れて消えてしまうことばかりさ。そのうち人付き合いをしたいなどとは思わなくなるよ。わたしの召使いたちのように年をとった連中をみつけるのはむずかしくはないんだよ。連中には分別があるし、忠実にしていなけりゃあならないのを知っているからね。二人でいろいろ静かに話をしようよ。話すことはいっぱいあるからね。わたしはね、おまえさんや、今まで生きた人間の誰ひとりにも話したことのないいろんな思い出を、おまえさんとわけあいたいんだよ。この家にはおまえさんがまだはいってみていないはずの棟もあるよ。横木をわたして閂《かんぬき》をかけて締めてあるもんだからね。そこにはみるものがたくさんあるよ。ゆっくり楽しめるし、すばらしいものばかりさ。だからいっておくれ、この申し出をどう思うね？　それにこのことを忘れるんじゃないよ――栄光のまっただなかにあるソロモンでさえ、おまえさんにこんな贈り物はできなかったにちがいないってことをね」

年老いた頭は、疲れ果てたかのように揺らいでいました。震える指はあてもなくレースのハンカチをいじりまわし、アリスの哀れな心はまたもや絶望的な混乱におちいってしまいました。彼女の眼の前では部屋がめまぐるしく揺れていました。彼女は一瞬眼を閉じました。そしてこの遠くからきこえてくるような非人間的な声がずっと話しかけてきていることについて静かに考えてみようと、空《むな》しい努力をしました。けれどもそれにくらべれば眠りながら夢のヴェールや網を払いのけ、夢魔の罠《わな》を逃れようともがくほうがまだしもましでした。いまや彼女の耳にきこえてくるものといっては、床《ゆか》を叩く自分の靴音ばかりでした。彼女はびくっとして気をとりなおしました。

「あのう、それはつまり」と彼女はささやきました。「ずうっといつまでも、いつまでも――ひいお祖母さまとおなじようにってことですか?」

老婦人は答えませんでした。

「それじゃあ、あの、もしよろしかったら、時間をかけてよく考えてみてもいいでしょうか?」

「なにを考えてみるっていうのかい?」と老婦人はいいました。「ほんのいっときのみとおしさえついてないおまえさんのような子供に、たっぷり三世紀のことが考えてみられるとでも思ってるのかい?」

「いいえ」とアリスはほんのすこし勇気を取りもどしながら答えました。「わたし今うかがったことを考えてみようと思ったんです。どういうことか理解するにはあんまりむずかしいんですもの」

「どういうことかといえばね」と老婦人はいいました。「それははかり知れない海、果てしない庭園、そしてかぎりない景色さ――時間のね。そしてあのむこうの世間のたくさんの哀れな連中――愚かな獣のようにわずかな日々を生きている連中の苦労や心配ごとやばかげたやりかたから自由になるということさ。おまえさんはまだ若い。でもわかりゃあしないよ。それはね、おまえさん、あのわれわれの古い友だちの訪れを先に延ばすということなのさ――死という名前の友だちの訪れをね」

彼女はその言葉の響きをひそかに楽しんででもいるかのように、息を継ぎました。アリスは身震いをしましたが、それでもそれは彼女に新しい決心をもたらしました。彼女は椅子からたちあがりました。

「わたし若いし、ばかだってことはわかってますわ、ひいお祖母さま。そしてわたしお気にさわらないようにするためならなんだってやります。それにもちろん、あのうもちろんたいていの人たちがとてもつらい目にあってて、わたしたちのほとんどがあんまり賢くないってことも、そのとおりだと思います。でも死ってことおっしゃいましたけど、そのことならわたし、もしいってもいいんでしたら、死んだほうがいいように思うんです――あのう、その、死ななければいけないときになったらってことですけど。もしそのうちお母さんが――その、つまりお母さんにも秘密を教えてはいけないんでしたら――そのあとわたしとても悲しいことになるだろうと思いますわ、ね？　それに第一あの……どうしてみんなでその秘密を分けあえないんですか？　わたし思います、本当に思うんですけど、この世には賢くなるための時間があんまりすくなすぎるんです。だけどもし人びとのこと考えて――」

「おまえさんがここにいるのはね」とチェイネイ嬢はさえぎりました。「質問に答えるためで、質問するためではないよ。わたしはくたびれてはいけないんだよ。そうすると眠れなくなるからね。それにしてもおまえさんはもう、賢くなるみこみのある人間など千人にひとり、いや一万人にひとりもいないってことがわかるくらい大きいはずだよ。もしも裁きの日まで生きていたとしたってね」

彼女はその椅子のうえですこし身をかがめました。「おまえさんが断わると秘密は、ええ——その持ち主といっしょに消えてなくなることになるんだよ。もしも」とその声はつぶやくように低くなりました。「もしもおまえさんがそれを受け取りたがらないとするとね。さあ、どうするのかい？」

アリスには自分が猫をみつめるカナリアのように老婦人をみつめているのがわかりましたが、返事としては激しく頭を振ることしかできませんでした。「おお」と彼女は叫び、とつぜんわっと泣きだしました。「わたし御親切をどんなに感謝してるか、そしてこんなことといってどんなにみじめに思ってるか、とても口ではいえないくらいです。でもああ、チェイネイ嬢《さん》、わたし帰ってもいいでしょうか？　わたしあと一分でもここにいるとなにか恐ろしいことがおこりそうな気がするんです」

老婦人は椅子のうえでもがいて、たちあがろうとしているらしいようすでした。しかしそれには力がたりませんでした。彼女は指なし手袋をはめた手を宙にかかげました。

「それじゃすぐいっておしまい」と彼女はささやきました。「すぐにだよ。わたしの辛抱にも限度があるからね。そしておまえさんにいつかわたしの親切を思い出させる日がきたら、そのときにはせいぜい……おお、おお！……」かすかな声は蚊《か》のうなりのように高まり、そしてかすれました。それをきいて老執事がむこうの扉から急いではいってきたすきに、アリスはもうひとつの扉からすべり出ました。

家が途方もなく大きな森の樹々のしげみのうしろにすっかり隠れてしまうまで、彼女は足取りをゆるめて息をつくことさえしませんでした。恐怖そのものが夢魔の大群をひきつれてすぐあとに迫っているような気がして、彼女は足も止めず、肩ごしにふりかえることもせず、夢中で走りつづけました。

どうやって門までの道をみつけたのか、彼女にはまるでわかりませんでした。記憶を振りかえってみると、びっしりはえた茂みがあり、物音ひとつしない峡谷があり、頭上を覆う樹々があり、大きな石像の腕かなにかのように突きだされた、芽を吹いている枝えだがありました——それらは皆凄まじい夢のなかの景色のように思えました。そしてとうとう生垣が列を作った埃っぽい道をむこうにして、年とった御者《ぎょしゃ》の不きげんな紫色の顔をみあげたとき、アリスはこれまで誰に会ってもこんなにうれしい思いをしたことはないような気がしました。

その晩、彼女とお母さんは本当に——「赤獅子亭」の赤いカーテンをかけた気持のいい喫茶室に坐って——主人の御秘蔵の古いマディラ酒を一杯すすりました。アリスはそれまでお母さんになにひとつ秘密にしたことはありませんでした。しかし、その午後の奇妙な冒険のさいにあったことのほとんどを話したにもかかわらず、彼女はチェイネイ嬢にこの思いがけない招待を思いつかせた理由については、ほんのひと言ほのめかすことさえどうしてもできませんでした。そのときばかりでなく、ずっとあとになってもやはりそうだったのです。

「それじゃほんとに、いい子ちゃん」とお母さんは、その肌寒い春の夜、小さな田舎《いなか》の駅の古びた石油ランプの街灯のしたに坐って汽車を待ちながら、彼女の手を握りしめてもう一度くりかえしました。「ほんとにあのかたはあなたに、ほんのちょっとした贈物のひとつも下さらなかったっていうの？　あの恐ろしい古い家いっぱいのすばらしい宝物のなかから、なにひとつ下さろうとはしなかったの？」

「あのひとはわたしにきいたわ、大好きなママ」とアリスは、もうすこししたらはいってゆくはずのトンネルが暗く口を開いているほうへ顔をむけていいました――「わたしにきいたわ、あのひととおなじくらい年をとりたくはないかって。それでわたし本当のことをいうと、ママといっしょにいられるんなら、ばかな小娘のままでいるほうがいいっていってしまったの」

それはおかしなふるまいでしたが――もしも駅長さんが二人をみていたとしたら――そのときお母さんと娘がむき直ってたがいの首にかじりつき、長い長い旅をしてやっとまた会えたとでもいったようすでキスをしたのは、いくらおかしくても確かに本当のことでした。

しかし教母さまがアリスになんの贈物もしなかったというのは、まったく正しかったわけではありませんでした。一日二日して小包がひとつ郵便で送られてきましたが、そのなん重にもくるんだ古い支那紙のなかに、アリスはもうすでに遠くに去ったもののように思われるあの日、壁のうえにあった肖像画をみいだしました――それはかの有名なハンス・ホルバインの弟子によって一五六四

年に描かれた、十七歳になったばかりのひいひいひいひいひいひいひいひいお祖母さんの肖像画にほかなりませんでした。

・本書は『アリスの教母さま　ウォルター・デ・ラ・メア作品集１』（牧神社、１９７６）の復刊である。
・底本の〝函入りカバーなし装〟を〝函なしカバー付き装〟とする等、外装仕様には適宜変更を加えたが、本文レイアウトについては、文字組を整える以外、原則的に底本に準じた設計を行なった。
・本文は、１９７０年代半ばという翻訳出版興隆期の風合いを保管する方針に基づき、誤字・脱字等の明らかな遺漏を補う以外、現代では不適当とされ得る用語もふくめて原則的に底本に準じた。

●ウォルター・デ・ラ・メア（Walter de la Mare 1873–1956）
イギリスの作家、詩人。幻想味と怪奇味を帯びた作風で知られる。児童文学作品も多く、『子どものための物語集』で、カーネギー賞を受賞。日本で編纂された作品集には、本作品集（全3巻）のほかに、『デ・ラ・メア幻想短編集』（国書刊行会）、『アーモンドの木』*（白水Uブックス）、『恋のお守り』（ちくま文庫）などがある。 ＊本作品集第2巻の『アーモンドの樹』とは編纂内容が異なる

●脇明子（わき・あきこ 1948–）
翻訳家、ノートルダム清心女子大学名誉教授、岡山子どもの本の会代表。デ・ラ・メア作品の翻訳には、本作品集のほかに、『魔女の箒』（国書刊行会）、『ムルガーのはるかな旅』（岩波少年文庫）、『九つの銅貨』（福音館書店）があり、キャロル、マクドナルド、ル=グウィンなど、児童文学を中心とした英米文学の訳書多数。『読む力は生きる力』（岩波書店）など、読書の大切さについての著書も多い。

●橋本治（はしもと・おさむ 1948–2019）
東大駒場祭のポスターで注目を集め、まずは挿絵画家として活躍。本作品集の挿絵、装幀は最初期の仕事の一つで、ビアズリーなどの西欧世紀末美術と日本の少女漫画との、先駆的な折衷と評された。小説や評論の分野でも活躍し、『桃尻娘』（ポプラ文庫）、『花咲く乙女たちのキンピラゴボウ』（河出文庫）、『窯変源氏物語』、『双調平家物語』（ともに中公文庫）などがある。

アリスの教母さま

ウォルター・デ・ラ・メア作品集 *1*

†

2022年12月31日 第1刷発行（扉込168頁）

ウォルター・デ・ラ・メア
脇明子 訳
橋本治 絵

装丁 Remaster 廣田清子

発行
成瀬雅人
株式会社東洋書林
東京都新宿区四谷4–24
電話 03–6274–8756　FAX 03–6274–8759

印刷 シナノ パブリッシング プレス
ISBN978–4–88721–829–1/

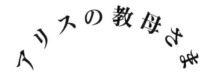